Schneida

Die Corona Files

Schneida

Die Corona Files

Aufgezeichnet von Johannes Girmindl

Bibliographische Information der Deutschen Nationalbibliothek:

Die Deutsche Nationalbibliothek verzeichnet diese Publikation in der Deutschen Nationalbibliographie; detaillierte bibliographische Daten sind im Internet über http://dnb.dnb.de abrufbar

Herstellung und Verlag: BoD – Books on Demand

ISBN: 9783755752189

DYLAN

1 – Auf nach Granz

Dem Dylan ist das verordnete Homeoffice sowas von wurscht, hackelt er ja so gut wie immer von daheim aus, beziehungsweise ist sein Office ja ohnehin home. Der Lockdown ist für ihn also keine große Umstellung. Gut, die Veranstaltungen fallen weg, somit aber auch die mühsamen Heimwege, es hat halt alles seine beiden Seiten. Es würde hier aber nicht mit rechten (nicht im politischen Sinn) Dingen zu gehen, wenn dem Dylan nicht trotzdem etwas zu schaffen machen würde. Und nein, nicht das Schließen der Friseure stellt für den, seit langer Zeit schon einen modischen und vor allem praktischen Kurzhaarschnitt tragenden Teilzeitmusiker, eine Herausforderung dar. Es sind die geschlossenen Fitnessstudios. Und da könnte man eigentlich auch wieder sagen, sollen sie doch alle zusperren, bis auf das eine halt, in welches der Dylan in regelmäßigen Abständen seinen verbrauchten Körper schleppt. Aber was kann man da schon großes tun? Sich einer Coronademo anschließen, lautstark sich einsetzen für die persönliche Freiheit schwitzen zu können? Nun, der Dylan ist ohnehin schon aus dem Demoalter raus, er demonstriert eher im Geiste, solidarisiert sich von seiner Couch aus und lässt fünfe grade sein. Jetzt aber geht das nicht so einfach. Die Schieflage der Gewichtsbilanz setzt ihm im wahrsten Sinne des Wortes schwer zu. Und auch wenn es ihn etwas Überwindung kostet, macht er sich auf den abenteuerlichen Weg, hinunter in den Keller, um sein Fahrrad, das er sich in einem Augenblick des Übermutes zugelegt hat, ans Tageslicht zu befördern. Dank der mittlerweile endlichen Regierungsbeteiligung der Wiener Grünen, ist Wien ja mit Fahrradwegen, selbst an den unmöglichsten Orten gesegnet und somit ist es für den Dylan kein allzu schweres Unterfangen, sich seinen Weg aus der Stadt zu bahnen. Der Verkehr ist ohnedies verschwindend gering, somit stellen weite Strecken des Fahrradnetzes auch keine besondere Gefahr dar. Die vereinzelten Sonnenstrahlen streicheln Dylans Haupt und wärmen somit auch sein Gemüt. Es ist klar, Vitamin D findet man in der eigenen Wohnung höchstens in Tropfenform. Und weil der Dylan eben alles übertreiben muss, fährt er mit seinem Rand die Donau stromaufwärts. Einfach hinaus aus Wien, weg von den leeren Gassen, weg vom Feinstaub, dem Himmel entgegen. Zumindest für Heute. Neulengbach, Spratzern, Loosdorf, Melk. Der Dylan pfeift durch die Ortschaften wie ein Pfitschipfeil. Er hat fast schon vergessen wie leiwand das Fahrradfahren war. Heute schwört er sich, dass er mindestens einmal am Tag eine Radtour unternehmen würde, zumindest solange alle anderen Räder im Lande still stehen würden. Kurz nach Pöchlarn wird der Dylan, wie zu erwarten war, etwas durstig. All der Schweiß, der seinen Rücken hinabläuft, seine Stirn bedeckt, sich an seinen Achselhaaren kristallisiert, der möchte ersetzt werden. So versucht der Dylan den letzten Schwung noch zu nutzen, denn er ist mächtig schnell unterwegs, rollt durch Krummnußbaum an der Donauuferbahn, durch Marbach an der Donau um dann erst in Granz zum Stehen zu kommen. Granz, der Dylan schien sich an etwas zu erinnern, das ihm aber fixnochmal nicht einfallen wollte. Gut, es war auch egal. Er war nun mal hier, hatte Durst und sah sich um. Man denkt sich wohl jetzt: soll er sich doch einen Wirten suchen. Das war aber leichter gesagt als getan. Normalerweise befanden sich ja Gasthäuser an jeder Ecke. Oder zumindest war das Land mittlerweile schon anderweitig kulinarisch erschlossen. Das alles half aber trotzdem nichts. Es war Lockdown, oder zumindest

Mittagszeit und geschlossen. Fragen sie mich nicht warum ein Wirt über die Mittagszeit sein Lokal schließt. Hier war das offensichtlich gute Sitte. Wahrscheinlich, dass die im Wirtshaus Kartenspielenden, zumindest zu Mittag das traute Heim aufsuchten. Das half dem Dylan aber auch nicht so recht. Er war durstig und weit und breit gab es keinerlei brauchbare Infrastruktur zur Versorgung. Was also nun. Zwar floss neben dem Dylan die Donau ihres Weges, eine Option war das aber wohl nicht. Es bleibt ihm also letztendlich nichts anderes übrig, als in die nächste Ortschaft zu radeln und zu hoffen, dass es dort so etwas wie einen Billa oder eben etwas in seiner ländlichen Ausführung gibt. Um sie jetzt nicht weiter auf die Folter zu spannen, natürlich findet der Dylan nix. Denn entweder hat der gesuchte Umschlagplatz für Getränke geschlossen, oder es gibt schlicht keinen. Erst in Ybbs wird er fündig. Und jetzt ist er auch über die Maske vor seinem Mund so richtig dankbar. Somit kann er seine aufgesprungenen und trockenen Lippen vor der attraktiven Kassiererin verstecken. Das leise „Danke", das er zurücklässt nachdem er seinen Einkauf bezahlt hat, klingt etwas beunruhigend. Entweder hat er das Nehammersyndrom und bekommt die Zähne beim Sprechen nicht mehr auseinander, oder er benötigt

10

mittlerweile wirklich dringendst eine Aufstockung seiner Flüssigkeitsreserven. Nachdem er in einem Zug die 2-Literflasche Almdudler geleert hat, beißt er in die erste der drei Leberkässemmeln. Er hat es sich verdient. Nicht nur weil er gute 100 Kilometer mittlerweile geradelt ist, man bedenke, er muss die Strecke heute ja ein weiteres Mal wieder zurücklegen, heim will er ja wahrscheinlich auch wieder, nein, er hat sich ja die letzte Woche auch nur von Bohnen ernährt. Einkaufen hat er sich nicht getraut, damit er sich nicht ansteckt, oder wie man es attraktiver formuliert: damit er andere nicht gefährdet. Somit war eine ansehnliche Ration an tierischen Nebenprodukten völlig ok.

*

Als der Dylan seine Augen öffnet hat die Sonne ihren hohen Stand gegen einen geringeren eingetauscht. Der Dylan schaut auf seine Smartwatch. Vor zwei Stunden musste er wohl eingenickt sein. Jetzt war es knapp nach drei am Nachmittag. Er würde sich, nachdem er das Jumbo Erdnuss Flips Sackerl aufgegessen hat, wieder auf den Heimweg machen. Vielleicht schaffte er es noch rechtzeitig zu Wien Heute auf seine Couch. Er war ja von klein auf schon an Nachrichtensendungen interessiert, da hatte sich auch im Laufe der Jahre nichts mehr dran geändert. Und so sollte es auch kommen, so schnell wie er es nach Ybbs geschafft hatte, ist er auch wieder daheim und sitzt pünktlich und frisch geduscht in freudiger Erwartung auf seiner Couch als die Signation ertönt.

2 – Wartung

Der Dylan ist ja nicht nur Radsportler und Kampftrinker. Nein, er hat ja auch Berufe die er zu Hobbys gemacht hat und Hobbys die jetzt sein Beruf sind. Zum Beispiel stickt er wahnsinnig gerne. Da sind lange Winterabende die optimale Zeit dazu und Weihnachtsgeschenke für die Familie fallen dabei auch immer wieder ab. Ja, ok, es ist Sommer, kein Winter in Sicht und somit widmet sich der Dylan seinen Objektiven. Eine Kamera und deren Zubehör will ja gewartet sein. Will gereinigt und geölt sein. Sonst wartet man mal ewig auf den richtigen Moment, möchte einen Orang Utang beim Stepptanz knipsen und dann kommt man drauf, dass auf dem eingesetzten Objektiv eine dicke Staubschicht ist. So etwas geht gar nicht und so etwas ist auch total unprofessionell. Also denkt sich der Dylan, nachdem er sich von seinem Muskelkater erholt hatte, der ihn mehrere Tage an die Couch gekettet hatte. (Nicht einmal sticken war in dieser Zeit möglich gewesen. Es war wirklich schlimm um ihn gestanden. Die Ulli hatte sich nicht nur Sorgen um ihn gemacht, sondern auch eine Gemüsesuppe, weil der Dylan ja aufgrund seiner jetzt auch nicht mehr in der Küche stehen und ergo auch nicht kochen konnte. Es waren richtig schreckliche drei Tage.) Aber die Zeit heilt alle Wunden und heute Morgen sagte der Dylan, kurz nach dem Aufwachen zu sich: „Es geht wieder."

Und jetzt putzt er schon das dritte Objektiv blank. Beim Sitzen tut er sich halt immer noch ein wenig schwer, so ein Fahrradsattel ist kein Massagestuhl und wenn man richtig viel Zeit darauf verbringt, nun ja, dann erinnert man sich auch richtig lange noch daran. Das alles kann den Dylan aber nicht die Freude am Putzen seiner Fotoausrüstung verderben. Und so eine Kamera ist ja auch etwas Schönes. Man kann damit Bilder machen, die kann man ansehen und wenn man einmal gestorben ist, dann können andere diese Bilder ansehen. Oder sie werden weggeworfen, wie so vieles, wenn jemand verstirbt. Da kommen dann die Erben, die sagen, ach, die ganze Wohnung bitte besenrein, wir müssen die ja vermieten, oder verkaufen. Jaja, weg mit den Erinnerungen. Aber so weit sind wir hier noch nicht. Bis dahin werden noch viele Fotos geschossen werden. Und wie schon erwähnt, der Dylan kann das ja, quasi Hobby zum Beruf gemacht. Und so stellt er halt sein Stativ auf und schraubt mal die Kamera fest. Damit die nicht runterfällt, sonst müsste er sie wieder aufheben und das ist auf die Dauer ja auch mühsam. Das ist fast so mühsam wie Schallplatten umzudrehen. Deswegen läuft beim Dylan ja jetzt eine CD. Da hat er fast achtzig Minuten am Stück und muss nicht nach jedem fünften Lied zum Plattenspieler hetzen und die Seite umdrehen. Vielleicht hat er deswegen keinen. Was er aber hat, ist seine Carusobox mit zwölf CDs. Die hat er sich, gleich nachdem er mit der Callas durch war, zugelegt. Seitdem läuft nichts anderes mehr im Haus. Und weil der Dylan ein netter und zuvorkommender Mann ist, lässt er auch die Nachbarn daran teilhaben und dreht dementsprechend laut auf. Während er ein Objektiv auf die Kamera schraubt singt Enrico *Bella Figlia Dell'amore* aus Rigoletto und der Dylan schmettert ein wenig mit. Zum Glück ist er allein daheim. Und wenn man allein daheim ist, dann kommt man manchmal auch auf blöde Ideen. Also stellt der Dylan die Kamera vors Fenster und schaut einmal durch. Zur kurzen Erklärung sei darauf hingewiesen, dass der Dylan im dicht verbauten Freihausviertel wohnt. Somit ist die Aussicht eine Recht spezielle, wenn man das Aussicht nennen kann. Und da der

Dylan kein Voyeur im engeren Sinne ist, wirft er eben auch nur kurz einen Blick durch den Sucher und lässt es dann wieder sein. Oder eben doch nicht. Es ist schon interessant was sich andere Menschen so an die Wand hängen. Wahrscheinlich beim Ikea aufgrund der Maße ausgewählt, farblich zur Einrichtung passend, sind sogenannte Bilder ein Schmuck für den Durchschnittspassagier auf diesem Planeten. Egal, der Dylan sieht einen Tisch, ein paar Sessel, zwei Personen und ebenso viele Gläser. So soll es sein. Daheim bleiben, die anderen somit schützen, genauso wies der Kanzler empfohlen hat. Und man darf sich natürlich auch auf den Wohnzimmertisch setzen. Oder davor knien. Nun, der Dylan ist anständig genug und macht wenigstens keine Bilder davon. Es ist ein bissl wie ein Unfall, man will nicht hinsehen, kann aber auch nicht wegschauen. Bis er es doch schafft. Er lässt die Kamera stehen und geht in die Küche. Es ist viel zu heiß diesen Sommer, andauernd den Flüssigkeitshaushalt im Auge zu behalten ist auch nicht gerade entspannend. Auf dem Weg zurück ins Wohnzimmer nimmt der Dylan große Schlucke aus seiner Sprite-Dose. Das leicht säuerliche Getränk rinnt angenehm die Kehle hinunter. Ein wenig Gin fehlt da zwar, aber es ist ja erst vor vier, da geht das noch nicht, schräge Wiesn und so. Ein kurzer Blick vielleicht doch noch, möglicherweise ist die gegenüberliegende Vereinigung mittlerweile abgeschlossen und so etwas wirkt ja auch beruhigend, wenn man nicht mehr dadurch abgelenkt ist, was sich denn gerade abspielt gegenüber. Und wie vorher schon erwähnt, hat der Kanzler ja gesagt, dass man daheim bleiben soll. Und er hat auch noch einiges mehr gesagt. Und alles was man über den Kanzler auch Schlimmes sagen kann, er hat definitiv nicht gesagt, dass man bei offenen Vorhängen seine gerade noch Gespielin mit bloßen Händen erwürgen soll. Und das war es, was der Dylan durch das frisch polierte Objektiv gerade sah.

3 – Der Spanner

Und ich verstehe es auch. So einfach ruft niemand gerne die Polizei an, man hat da so eine gesunde Scheu davor. Die meisten Probleme kann man ignorieren, ein paar Nachbarschaftsstreitigkeiten kann man mit den entsprechenden Aktionen selbst beilegen. Aber das, was der Dylan durch sein frisch geputztes Objektiv mitansehen musste, das gehörte in die Hände von Profis, das war nicht damit gelöst, indem man dem Nachbarn den verdauten Sonntagsbraten vor die Tür legte. Und so musste sich der Dylan wohl oder übel überwinden und die Nummer des Notrufs in sein Handy tippen.

„Polizeinotruf."

„Ja, hallo, ich möchte einen Mord melden."

„Einen Mord?"

„Ja, einen Mord. Es eilt ein bissl."

„Bei einem Mord? Da ist ja alles schon passiert."

„Er findet gerade statt."

„Na das ist aber kein Mord."

„Aber gleich."

„Beruhigen sie sich bitte, wo findet ihr Mord denn statt?"

„Es ist nicht mein Mord, da erwürgt jemand grad sei Frau im Nachbarhaus."

„Und woher wissen sie das?"

„Ich kanns durchs Fenster sehen."

„Sie haben aber gute Augen."

„Wahrscheinlich. Kommen sie jetzt dann auch?"

„Natürlich, wenns uns die Adresse bitte sagen."

Der Dylan ist kooperativ und gibt die Adresse und seinen Namen durch. Dann ist die Verbindung weg und der Dylan wieder alleine in seinem Wohnzimmer. Und da werden wir uns wohl jetzt alle auch einig sein, was sollte der denn sonst tun, als wieder durch seine

Kamera zu schauen, direkt in die Höhle des Löwen. Und dort sieht er erst einmal nichts. Das stimmt natürlich nicht ganz, er sieht ein Wohnzimmer, einen Tisch, andere Möbel und die farblich abgestimmten Wandbehänge. Ansonsten sieht er nichts.

*

Der Dylan wartet schon an der Wohnungstüre, als die Beamten das Stiegenhaus erklimmen.

„Sie haben angerufen?"

„Ja."

„Dürfen wir reinkommen?"

Schwierige Frage; denn eigentlich würde der Dylan ja voller Stolz jetzt nein sagen, auf so eine Situation hat er schon immer gewartet, blöd aber nur, dass er die Polizei ja quasi selbst gerufen hat. Es ist ein bissl wie bei Vampiren, wenn man die mal zu sich einlädt, dann nimmt alles seinen Lauf und man kann nichts mehr daran ändern. Aber egal, es ist wie es ist und die Beamten treten ein. Wie üblich sind es zwei an der

Zahl, somit würde der Dylan im Notfall auch alleine mit ihnen fertig werden, denkt er kurz bei sich, wird aber umgehend aus seinen Gedanken gerissen.

„Was ham sie jetzt genau gsehn?"

„Also das was ich am Telefon schon erzählt hab."

„Ja, an Mord, ich weiß, aber wie kommen sie da drauf?"

„Ich hab durch die Kamera geschaut und den Mord beobachtet."

„Bitte tuns ned interpretieren, nur die Beobachtung schildern."

„Also" – der Dylan hat sofort erkannt, dass er intellektuell ein paar Gänge runterschalten muss – „ich putz meine Objektive und die Kamera, bau sie zusammen, schau durch, und eben zufällig auch durchs Fenster, da hab ichs dann gesehen."

„Was hams gsehn?"

„Den Mann und die Frau."

„Aha."

„Wie er sie erwürgt."

„Ok."

„Was ok?"

„Schauens, sie schauen durch ihr Kamera in a fremde Wohnung."

„Na, das war Zufall."

„Glaubens das wirklich, oder wars einfach fad, so alleine daheim, bissl aufgeilen an den Nachbarn, hm?"

„Trot-"

„Vorsicht!"

„Ja, ganz klar, ich spechtl zu den Nachbarn rüber und ruf dann die Polizei, vollkommen logisch, oder?"

„Was glaubens, was wir jeden Tag so erleben, da is des no richtig harmlos."

„A Mord is harmlos?"

„Schauens, es gibt kan Mord. Wenn wer tagsüber beim offenen Fenster pudert, is des no lang ned verboten. Beim Pudern zuaschauen, scho eher."

„Hörns, i hab sie sicher ned herbestellt, weil i mi mit ihna über zwa Puderanten austauschen wollt, ich hab ganz klar gsehn, dass der Herr da drüben, die Dame erwürgt hat, die Händ warn um ihrn Hals und sie is dann umgfallen."

„Des mag schon sein, dass sie solche oder ähnliche Handlungen gsehn haben. Mord wars kana, eher im Gegenteil."

Der Dylan ist sich jetzt im Klaren darüber, dass er hier nicht mehr viel ausrichten wird. Die beiden Beamten haben ihre Überzeugung, der Dylan seine Beobachtung, auf einen gemeinsamen Nenner werden die drei heute nicht mehr kommen. Also übt er sich in Schadensbegrenzung und versucht halbwegs glimpflich aus der Sache zu kommen.

„Schauens halt ned wieder bei andere Fenster eine, das Internet is eh voll damit, kommt ihna günstiger – langfristig."

Der Dylan schließt hinter den beiden Beamten die Tür. Er weiß, was er gesehen hat, aber noch sicherer weiß er, dass er nicht in andere Fenster schauen muss, wenn er sich einen runterholen will.

Die Frage ist natürlich, was haben die beiden Beamten in der Wohnung gegenüber vorgefunden. Laut ihnen selbst, im Grunde nichts, zumindest nichts Kriminelles. Dem Dylan ist das Ganze ein Rätsel. Er weiß, was er gesehen hat, und niemand kann ihn davon abbringen. Nur, was macht man in so einem Fall, was kann man als folgsamer Bürger tun, wenn man Zeuge eines Verbrechens wird und die zu Hilfe gerufenen Beamten aber selbst eingreifen wollen? Genau, das was der Dylan schon unzählige Male gemacht hat, er wird wohl selbst ermitteln müssen. Der aufmerksame Leser und die treue Leserin wissen es ja, der Dylan hat schon mehrere Kriminalfälle selbst gelöst, war er ja in sie verwickelt gewesen. Dieses Mal würde es aber anders werden. Standen ihm sonst immer seine beiden Schneidakollegen zur Seite, manchmal mit Rat, selten mit Tat, so ist er in diesem Fall auf sich alleine gestellt. Im Land, was heißt im Land, in ganz Europa wütet das

Coronavirus, die Menschen sind dazu angehalten, Abstand zu halten, die Geschäfte sind geschlossen und der Dylan also auf sich alleine gestellt. Nun, er würde auch in diesem Fall wieder auf den Beinen landen, keine Frage, aber so ganz auf sich gestellt, das war eine neue Erfahrung. Selbst als er noch im Outback Wildhüter gewesen war, hatte er sich nicht so auf sich selbst reduziert gesehen. All die Tiere rund um ihn hatten dem Dylan ein Gefühl der Geborgenheit gegeben, er gehörte dazu. Jetzt stand er am Wohnzimmerfenster, blickte über die Gasse und bemerkte so, oder hatte er es sich eingebildet, dass sich wohl etwas hinter den Vorhängen schnell zurückgezogen hatte. Irgendjemand hatte ihn beobachtet. Nein, er bildete sich das wohl wirklich ein. Paranoia, nichts Besonderes, vor allem nicht z dieser Zeit. Und dann noch die Polizei im Haus. Aber er wusste was gegenüber geschehen war und ließ sich ein wenig entmutigt auf die Couch fallen. Er hatte schon lange nicht mehr im Wohnzimmer geraucht, jetzt war es aber so weit, er schaffte es nicht mehr auf den kleinen Balkon, er steckte sich die Selbstgedrehte in den Mund, ließ das Feuerzeug das seinige dazu tun und sog den Rauch tief in seine gebräunten Lungenflügel. Der Krebs musste jetzt einmal warten, akribische Kriminalarbeit war angesagt. Was war da drüben genau geschehen, wo war die Leiche versteckt worden und wie konnte der Dylan irgendwelche Beweise finden, sodass man ihm zumindest so weit glaubte, dass jemand mal die Wohnung unter die Lupe nehmen würde. Es blieb also, genauso wie der Abwasch und der Einkauf, wieder alles an ihm hängen. Nun gut. Gedanken ordnen! Was war jetzt zu tun, wie sollte er es angehen. Wo war der Othmar, wenn man ihn wirklich einmal brauchte. Um einiges mehr als sonst schwirrten die Gedanken in seinem Schädel herum, keinerlei Muster war erkennbar, nichts wollte sich manifestieren. Da machte der Dylan das einzig vernünftige: er legte sich eine Magnum DVD in den Player. Dabei würde er entspannen können und sich die eine oder andere Methode abschauen, denn Thomas Magnum löste jeden Fall.

5 – Kommt Zeit kommt Rad

Der Dylan ist dann noch richtig auf den Magnum hineingekippt und hat es sich nicht nehmen lassen, gleich acht Folgen anzuschauen. Ja, er konnte sich einiges mitnehmen, nein, es würde ihm bei seinen Ermittlungen nicht weiterhelfen. Aber, dass er sich wieder einmal seine Brusthaare wachsen lassen würde, das stand jetzt definitiv fest, über den Schnurrbart wollte er noch nachdenken. Den konnte er ja schwer vor seinen Mitmenschen verstecken. Doch er hat jetzt ganz andere Sorgen. Ein Mörder einen Steinwurf entfernt und niemand der ihm glauben wollte. Caruso half heute auch nichts, staubgesaugt hatte der Dylan ohnehin schon um sechs Uhr morgens zur Freude seiner Nachbarn, somit lag ein weiterer Tag vor ihm. Was blieb ihm da schon anderes übrig, als sich auf sein Rad zu schwingen und ein wenig ins Grüne zu strampeln. Die letzten Tage hatte der Wettergott wohl seine Trümpfe schon ausgespielt, für heute reichte es nur noch für annehmbare Temperaturen. Gut, die paar Wolken störten nun nicht wirklich und taten der Freude keinen Abbruch. Der Dylan schwitzte und trat in die Pedale. Er musste einen klaren Kopf bekommen. Aber wozu eigentlich, denn was konnte er schon unternehmen? Die Polizei glaubte ihm nicht, somit war die Sache eigentlich gegessen. Und weil der Dylan auch gerade ans Essen dachte, bremste er sich neben einem Billa ein, stieg vom Rad, kettete dieses an die nächste Bank und betrat das Lebensmittelgeschäft. Die Leberkässemmeln würden heute ausfallen müssen. Ein Kornspitz mit Emmentaler und ein Apfel mussten reichen. Ein bissl Energie in Form von zwei großen Dosen eines österreichischen Energiegetränks, das angeblich Flügel – ach was, sie wissen es ohnehin, durfte aber nicht fehlen. Und diese Energie beflügelte ja nicht nur den Körper unseres Teilzeitathleten, sondern eben auch den Geist, der ihm nun dazu riet, vielleicht einen Beweis aufzutreiben. Dann könnte er damit die Beamten wohl überzeugen, oder es zumindest versuchen. Eigentlich keine schlechte Idee, Beweise hatten oftmals schon Verfahren maßgeblich beeinflusst. Täter waren durch Beweise überführt worden. Dylan ließ sich das alles durch den Kopf gehen, dann erkannte er, dass es wohl das Beste war,

28

sich um Beweise zu kümmern. Aber woher nehmen und nicht stehlen? Und vor allem, was für Beweise. Die Leiche selbst? Ja klar, die wäre wohl das Optimum eines Beweises. Der Täter würde aber wohl daran tun, wenn er die Leiche aus der Wohnung schaffen würde und wahrscheinlich hatte er das auch schon getan, denn bei diesen sommerlichen Temperaturen, würde über kurz oder lang, der olfaktorische Genuss der Verwesung zumindest die unmittelbare Nachbarschaft in Verzückung versetzen. Also würde dem Dylan wohl oder übel nichts anderes übrig bleiben, als sich ein wenig am Tatort umzusehen. Leichter gesagt als getan, denn wie kommt man in die Wohnung eines potentiellen Mörders? Anläuten? Und dann, wenn die Tür aufgeht, was sagt man da? Gasablesen oder was? Es würde sich also nicht allzu einfach gestalten. Der Dylan warf die letzte der beiden Dosen in den Mistkübel neben sich und stieg wieder aufs Rad. Er musste noch etwas Energie aus seinem Körper hinausstrampeln, zu unruhig konnte er in seinen vier Wänden nicht herumlaufen, wie sah denn das aus, wenn er auf und ab laufen würde, anstatt auf der Couch zu sitzen und Universum zu schauen, oder Magnum. Und hier sehen wir, das Thema beschäftigte ihn wirklich intensiv. Normalerweise hatte er seine beiden Komplizen um sich auszutauschen, in der derzeitigen Situation konnte er nur mit sich selbst sprechen. Aber das würde daheim auch nicht so gut ankommen. Und der Ulli konnte er ja auch nichts sagen, die wäre ja auch nicht gerade amused, wenn sie wüsste, dass da ein Mörder gegenüber wohnt und jeden Abend seine Butterbrote verspeist. Also stand noch ein wenig Radfahren am Plan.

Der Dylan bog kurz nach halb sieben in die Schleifmühlgasse ein, nutzte den Schwung, den er hatte und ließ sich bis vor sein Haustor rollen. Dort stieg er ab und schob das Rad von nun an. Ab in den Keller damit, das Abteil zugesperrt und die Stufen wieder hinauf. Eine kühle Dusche würde jetzt auf dem Programm stehen, schade, dass er seine Brusthaare noch nicht sprießen hatte lassen, das Wasser würde sich seinen Weg durch den engbepflanzten Dschungel schon bahnen. Als der Dylan die offene Wohnungstür sah, endete sein Tagtraum abrupt. Keine Dusche war mehr in greifbarer Nähe. Was würde Magnum tun? In die Kamera lächeln? Das half im echten Leben wohl nicht wirklich. Jemand hatte das Schloss ausgehebelt. Der Schaden war hier offensichtlich kein großer, trotzdem hatte er gewaltigen Symbolcharakter. Was hatte das zu bedeuten? Auch die Beamten, die kurz darauf später Spuren sicherten und Fotos machten, konnten, bis auf die geöffnete Wohnungstür, keinerlei weitere Schäden ausmachen. Entweder war der Täter überrascht worden, hatte sich, noch bevor er etwas entwenden konnte wieder aus dem Staub gemacht, oder aber, jemand wollte etwas damit sagen, eine kurze aber eindringliche Nachricht hinterlassen.

6 – Außer Spesen nichts gewesen

Der Dylan steht in einem Hauseingang in der Paulanergasse. Weil er natürlich nicht gleich erkannt werden möchte, hat er einen Fischerhut tief ins Gesicht gezogen. Darunter schwitzt er. Verständlich, es ist heiß und er ist auch etwas aufgeregt. So ganz auf sich allein gestellt, das ist schon etwas anderes als sonst. Aber es ist nicht Hawaii, es ist Wien und es spielen, bis auf das potentielle Opfer, keinerlei Damen eine Hauptrolle. Da öffnet sich die Türe, der Dylan dreht sich zur Seite um den Eindruck zu erwecken, als würde er mit der Gegensprechanlage kommunizieren, um aber umgehend in den Hausflur zu schlüpfen. Hinter ihm fiel das Tor ins Schloss. Hier war es angenehm kühl. Es war aber keine Zeit um zu verweilen, im Gegenteil, jetzt ging es darum die Richtige Wohnung im zweiten Stock zu finden und dann, ja – was sollte dann sein. So weit war der Dylan noch nicht ins Detail gegangen, es würde ihm dann schon etwas einfallen, das war bisher auch immer der

Fall gewesen. Jetzt aber erst einmal die Stufen hinauf in den zweiten Stock. Nur nicht zu viel Lärm machen. Es gab zwei Türen. Nummer 5 und Nummer 7. Auch interessant. Wahrscheinlich waren einmal Wohnungen zusammengelegt worden, die Türschilder aber den neuen Umständen nicht angepasst worden. Was sollte er jetzt tun, läuten? Und wenn ja, warum? Zumindest die Ahnung eines Planes wäre von Vorteil gewesen. Andererseits hält das Schicksal ja auch hin wieder die eine oder andere Überraschung bereit und heute zum Beispiel eine in Form eines Pistolenlaufs in Dylans Rücken.

„Es ist die Nummer 5. Aber wenns jetzt läuten, dann wird ihnen niemand aufmachen. Und bleibens ganz ruhig, ich schieß, da hab ich kein Problem damit. Auch wenns laut ist. Wird aber niemand hören, weil niemand im Haus ist. Alles klar?"

„Jo." Mehr sagte der Dylan nicht. Er war sich seiner Lage bewusst, sein Gegenüber, beziehungsweise Hintenüber hatte sich unmissverständlich ausgedrückt. Kurz darauf standen die beiden Männer in einem geräumigen Vorraum. Schuhe waren fein säuberlich aufgereiht, ein Regenschirm, eine Laptoptasche und was sonst noch in Vorräumen so herumstand. Ein Vorraum wie jeder andere, mit der einen Ausnahme, dass einer der beiden Männer eine Waffe auf den anderen richtete.

„Und jetzt?" Der Dylan legte einen Anflug von Pragmatismus an den Tag.

„Das ist die Frage. Ich könnte ihnen erklären, dass das was sie gesehen haben, wohl eine Täuschung war, dass sie in eine falsche Richtung interpretiert haben, dass-„

„Hörens, das glaubt doch niemand."

„Ja eben, deswegen werden sie wohl auch verstehen, dass ich nun etwas unternehmen muss, um mich zu schützen, das ist nichts Persönliches, da geht es lediglich um mich, sie sind mir völlig gleich."

„Danke."

„Nichts zu danken. Aber eines müssen sie mir noch sagen. Machen sie das öfters?"

„In fremde Zimmer zu schauen. Ich meine, sie standen da mit ihrer Kamera und haben mich beobachtet, das geschieht doch nicht zufällig. Stehen sie auf so etwas?"

„Nein, in diesem Fall wars ein Zufall."

„Nun ja, wenn sie meinen, klingt etwas unglaubwürdig, aber was solls."

Die Situation schien aussichtslos. Die Waffe war immer noch auf den Dylan gerichtet, der überlegte Fieberhaft, welche Techniken aus seiner Zeit im Outback er hier wohl anwenden könnte aber es wollte ihm keine einfallen, keine einzige.

„Wollen sie wissen, wer die Frau war, die sie gesehen haben?"

„Eigentlich nicht."

„Ich werde es ihnen trotzdem sagen."

Und da fällt dem Dylan etwas ein. Während sein Gegenüber irgendetwas von Freundin und neuer Freundin und Bruder und was auch immer redete, fiel ihm auf, dass in jedem Krimi, in jedem Film, den er bisher gesehen hatte, in jeder Magnumfolge, im Finale der oder die Täterin ausführlich berichten konnte, warum er oder sie ihn oder sie wie auch immer getötet hatte. Warum es ein Unfall gewesen ist, warum immer alle anderen Schuld waren oder-

„…weil es mir einfach notwendig schien, sie aus dem Weg zu räumen, oder würden sie das anders sehen?"

„Tschuldigung", sagte der Dylan, „ich hab jetzt gar nicht richtig zugehört. Könntens den letzten Teil vielleicht wiederholen?"

„Sie haben Nerven, is das ihr Ernst?"

„Ja, wissens, mich interessiert das eigentlich nicht, das Warum oder das Wie. Sie brauchen mir das nicht erklären, es is mir wurscht. Drückens ab und gebens a Ruh, oder wollens mich einschläfern?"

Während der letzten drei Worte setzt sich der Dylan in Bewegung, duckt sich, schlägt dem anderen die Waffe beim Hochkommen aus der Hand, rammt ihm sein Knie in die Magengrube und verpasst ihm noch einen Schlag mit der Faust auf den Hinterkopf. Dann bückt er sich nach der Waffe. Er kann sie fassen, bekommt aber einen kräftigen Tritt auf seine linke Wange und geht somit zu Boden. Der Andere möchte sich auf den Dylan stürzen, dieser rollt sich aber geistesgegenwärtig zur Seite. So stürzt der Angreifer, der noch im Fall versucht sich an der Garderobe festzuhalten, reißt diese mit sich und kommt so zwischen Sakko, Haken und Brettern zu liegen.

„Na serwas", sagt der Dylan

*

Von der Polizei gibt es natürlich keinerlei Entschuldigung. Es gibt auch keinen Dank dafür, dass der Dylan eigentlich deren Arbeit erledigt hat. Im Gegenteil. Man weist ihn darauf hin, dass er sich unnötig in Gefahr begeben hat, dass er doch die dafür zuständigen Stellen ins Vertrauen hätte ziehen sollen (als ob er das nicht probiert hätte). Undank ist der Welten Lohn, man kennt das ja. Man reißt sich den Arsch auf und hat am Ende nicht als die Arbeit gehabt, kein Danke, kein Garnix. Aber dem Dylan ist das auch wieder ein bissl egal. Er braucht so etwas ohnehin nicht. Er hat sein Rad und er hat noch den ganzen Herbst vor sich. Da geht noch ein bissl was.

*

Nach dem Lockdown ist vor dem Lockdown. Der Dylan sitzt mit dem Girmindl im Johnnys, eigentlich davor auf einem Klappsessel, drinnen herrscht ja seit geraumer Zeit Rauchverbot und außerdem ist das werte Publikum nicht gerade Weltmeister im Abstand halten. So zittern die beiden ein wenig vor sich hin, nippen an ihren Bieren und haben sich, wahrscheinlich der Kälte wegen, auch dem Whiskey zugewandt. Nun, warum nicht, sie waren beide über 18 und somit war es ihnen erlaubt auch sogenannte harte Getränke zu sich zu nehmen. Mit Schneida ist das so wie mit einem alten Bekannten. Er gewinnt an Wertigkeit, wenn man ihn nicht sieht. Trifft man sich mit ihm, ist es so, als ob dazwischen keinerlei Zeit vergangen wäre. Auf Dauer aber, sind die Gemeinsamkeiten zu wenig. Und da sich die beiden lange nicht mehr gesehen haben, planen sie schon das nächste Album, ob es das letzte sein wird, wir wissen es nicht.

GIRMINDL

1 – Homeoffice

Dem Girmindl geht's so wie vielen anderen. Er fügt sich den Empfehlungen der Bundesregierung und macht Homeoffice. Nun, im ersten Moment ist das ja ein recht angenehmer Gedanken. Man spart sich zumindest den Arbeitsweg. Das zeitige Aufstehen ist vorerst einmal Geschichte. Und ist es nicht auch so, dass, wenn einem niemand über die Schulter schauen kann, ein beträchtlicher Teil des Stresses gar nicht vorhanden ist? Andrerseits ist es für Kolleginnen und Kollegen ja auch immer ein bissl ein rotes Tuch gewesen, wenn jemand im Homeoffice war. Nicht nur einmal ist das Wort mehr als verächtlich verwendet worden. Wer oft im Homeoffice war, war ein Owezahrer, wie man so schön sagt. Man kann das aber auch diplomatisch freie Zeiteinteilung nennen. Nun, jetzt hatte der kindliche Kanzler dem Land aber selbiges von höchster Stelle aus verordnet und somit war dieser Verordnung auch Folge zu leisten. Ein so ein Tag im Homeoffice war aber auch nicht zu unterschätzen. Die Zeit bestand ja nicht ausschließlich aus ein bissl hier und ein bissl da etwas zu tun. Nein, nein – es gab Onlinemeetings, zu denen man, wie zu jenen im realen Büroleben, nicht ausschließlich in Unterhose oder noch mit dem Schlaf in den Augen erscheinen konnte. Zumindest ein Hemd sollte man anhaben, die Haare konnten vernachlässigt werden, waren sie ja noch relativ kurz und die Schließung der Friseure hatte noch nicht ihre verheerenden Spuren hinterlassen, wie das vielleicht ein paar Wochen später der Fall sein würde. Was bei solchen Konferenzen, Meetings oder wie auch immer man sie nennen mochte, nicht vergessen werden darf ist, die anderen können die Kaffeemaschine hören, sofern das eigene Mikro nicht auf stumm geschalten ist. Das lernt man schon mit der Zeit, anfänglich ist es aber relativ Nerv tötend, wenn eine gesellige Runde Homeofficler sich im fünf Minuten Takt den Espresso vom modernen Automaten zubereiten lässt. Die scienceähnlichen ersten Gehversuche (Hört ihr mich? Angelika bist du da?...) seien hier unerwähnt, kennt der geneigte Leser oder aber auch die entzückende Lesern wohl selbige Situation aus eigener Erfahrung. Langer Rede kurzer Sinn. Der Girmindl macht Homeoffice, hat keine Arbeitswege mehr zurückzulegen und wird somit blad.

42

Es ist nicht gerade die eine Woche ein Kilo-Diät, aber der Hosenbund spannt mittlerweile merklich. Den Vorteil, den das Homoffice nämlich auch mit sich bringt: der Girmindl hat jetzt auch Zeit zu kochen. Nämlich Speisen, die eine gewisse Zeit benötigen. Da geht es gar nicht darum, dass diese irre aufwändig wären, aber so ein Schweinsbraten, der im Niedriggarverfahren entsteht, der hat schon was. Und ein Schweinsbraten täglich, kann auch was, also kalorientechnisch. Somit sagt der Girmindl still zu sich, wir miassn wos mochn. Das was er dann tut, ist eine Hilfestellung des Internets. Er lädt sich die „Abnehmen für Männer"-App runter, verständlicherweise in Anfängerausführung, hat er ja bisher, noch keinerlei Apps auf sein Handy installiert. Aber es gibt immer ein erstes Mal und somit liegt der Girmindl auf einer Gymnastikmatte und lauscht der freundlichen Stimme aus dem Handy. Die ermuntert ihn diverse Übungen durchzuführen. Das tut er solange, bis ihm die sprichwörtliche Suppe runterläuft. Aber diese neumodischen Apps sind ja gefinkelt und somit weiß der Erfinder selbiger auch, wann es dem Anfänger in Sachen Körpergestaltung reicht und der erste Tag der Trainingsserie hat wieder sein Ende. Man darf es ja nicht gleich übertreiben und somit jegliche Motivation der datenübermittelnden User im Keim ersticken. Und so ein paar Übungen tun ja auch schon ihre Wunder. Der Girmindl fühlt sich, nachdem sich sein Herzschlag endlich wieder normalisiert hat und er einigermaßen ruhig atmen kann, fast wie neu geboren. Bewegung in Maßen genossen, scheint also wirklich das Wohlbefinden zu steigern. Somit hat er einige Energiereserven mobilisiert und kommt zu einem fabelhaften und schwerwiegenden Schluss: er wird seine Plattensammlung katalogisieren. Das ist jetzt vielleicht ein wenig zu erklären. Der Girmindl sammelt ja schon seit Jahrzehnten Platten. Aber nicht nur Platten, sondern auch CDs und Kassetten und Videos und all diesen Kram. Als er noch die Schulbank drückte und, das muss man wohl auch dazu sagen, seine Sammlung recht übersichtlich war, hatte er sie händisch in Listen eingetragen. Später dann, und da war sicherlich eine Menge an freier Zeit involviert, tippte er sie in seinen Commodore 64er, hörte aber eher früher als später wieder damit auf, weil es ganz schön aufwändig war, all die Informationen zu den einzelnen Tonträgern in die Tastatur zu hämmern und sie dann auf 5 Zoll Disketten abzuspeichern. Somit gab er das Projekt auf, überlegte immer wieder ob er es nicht doch mit Excel versuchen sollte, beließ es aber dann doch nur bei der Vorstellung. Eigentlich war es ja der Jürgen der den Girmindl wieder auf die Idee brachte, seine Platten katalogisieren zu wollen. Und so probierte er es mithilfe von discogs. Und dann, man muss es sagen, kippte der Girmindl vollkommen drauf hinein, scannte was das Zeug hielt, beobachtete auch den steigenden Wert seiner Sammlung und tippte alles händisch ein, was keinen Barcode hatte; und das war so einiges.

2 – Die Post bringt allen was

Dem Girmindl ist fad. Und das ist grundsätzlich schon nicht schwer, wohnt er ja auf dem Land. Und als junger Hupfer, quasi das Nesthäkchen der Band, wird einem ja relativ schnell langweilig wenn man kein passendes Angebot bekommt. Nun ist es aber auch noch dazu so, dass es derzeit so gut wie keine Angebote gibt, ganz egal wo man sich befindet und ganz gleich, wie alt man ist. Und so kann man sich fragen: Was ist mit seiner Plattensammlung, muss die nicht zumindest abgestaubt werden? Nun, das kann schon sein, wer staubt aber heutzutage noch gerne ab. Niemand, eben. Somit ist das auch nicht wirklich eine Freizeitbeschäftigung und der Girmindl überlegt, ob es nicht wieder an der Zeit ist, etwas für seinen zukünftigen Leichnam zu machen. Vielleicht ein bissl Rad zu fahren. Er wohnt ja jetzt schon einige Jährchen hier draußen, die nähere Umgebung hat er aber noch nicht wirklich erkundet, und ist dazu nicht gerade jetzt die beste Gelegenheit? Also rafft er sich auf und geht in den Garten. Dort steht, klischeehaft wie nur was, eine Holzhütte in der sich sein Fahrrad befindet. Er hat es sich vor zwei Jahren zugelegt, nutzt es aber ausschließlich zum Einkaufen. Seitdem er sich aber vom Spar die Bierkisten bis vor die Haustür liefern lässt, ist auch diese Nutzung obsolet und die zwei Semmeln, die er fürs Frühstück am Sonntag benötigt, kann er sich auch ohne Fahrrad heimtragen. Weil der Girmindl ja ein gewissenhafter Typ ist, pumpt er erst einmal wieder genügend Luft in die Reifen. Er will ja nix kaputt machen, womöglich braucht er das Rad ja später noch für ernsthaftere Zwecke. Mit vollen Schläuchen und einem Lächeln auf den Lippen, schwingt sich der Girmindl auf den Drahtesel und tritt in die Pedale. Er mag das, wenn er erst einmal in Bewegung ist, dann geht's ja eh dahin, aufraffen muss er sich, da liegt der Hund begraben. Aber jetzt sitzt der Hund fest am Sattel und radelt in Richtung Schwechat, den Fluss wohlgemerkt. Wenn schon die Sommerhitze brütete, dann sollte auch für etwas Abkühlung gesorgt werden. Da dem Girmindl seine Sandalen ohnehin aus Kunststoff sind, kann er damit ein wenig im Wasser herumstapfen, wenn er einmal dort angekommen ist. Das praktische hier ist ja, dass es von Radwegen nur so wimmelt. Also nach links, nach rechts, Norden, Süden, überall geht's hin mit dem Radweg des Vertrauens. Und so kommt der Girmindl auch tatsächlich bis zur Schwechat, stapft ein bissl durchs Wasser und setzt sich dann ans Ufer. Die Seele baumeln lassen, wie man das landläufig, oder zumindest in der Sonntags-Krone nennt. Der Girmindl hat ja, nachdem er sich jahrelang selbst gestresst hat, indem er immer wieder Pläne für dies und jenes geschmiedet hat, mittlerweile die Erkenntnis, dass eigentlich nix sein muss. Was er heute nicht macht, muss morgen ja auch nicht sein, außer er hat Lust drauf. Das erleichtert ihm das Dasein jetzt schon ein wenig. Nun gut, dem Leben so ganz kommt er natürlich nicht aus, das lässt sich ja auch äußerst schwierig gestalten, da müsste man schon aussteigen und zum Aussteigen ist es dem Girmindl dann doch wieder zu weit. Das müsste man ja auch zumindest ansatzweise planen, und das Planen hat der Girmindl ja mittlerweile abgeschafft. Pattsituation quasi. Diese Gedanken gehen ihm aber an der Schwechat nicht wirklich durch den Kopf. Er denkt in diesem Moment gerade an die anderen beiden Schneida, dass ihr letztes Konzert schon fast ein Jahr zurückliegt, so eine lange Pause hatte es bisher noch nicht gegeben. Und solche Pausen bergen ja ein gewisses Risiko, denn entweder ist danach so richtig scharf aufs wieder Spielen, oder man sagt, jetzt haben wir so lang nix mehr gemacht, jetzt brauchen wir auch nicht mehr damit wieder beginnen. Er hat halt immer gern alles abgeschlossen, ein Album möchte noch aufgenommen werden, zumindest gibt's dazu ja schon die Songs, und wenn man wirklich jetzt sagt: das wars, dann muss man das ganze eben auch abschließen. Als ein prominentes letztes Konzert spielen. Aber das läuft schon wieder in Richtung Planung und dem Girmindl zuwider, zumindest in diesem Moment. Also steht er auf und denkt sich: ich radel jetzt noch ein bissl, zumindest bis mir die Soße runterläuft, dann fahr ich heim duschen und mach mir einen Spritzer. Und das tut er dann auch. Er gurkt, wie man so sagt, noch ein bissl durch die Gegend, schwitzt auch ansatzweise, um dann den Heimweg einzuschlagen. Daheim holt der Girmindl den Haustorschlüssel aus seiner Tasche sperrt auf und schiebt das Rad in den Garten. Dort lässt er es auch stehen, warum sollte er es wegräumen, es war ohnehin Sommer, da konnte man den Drahtesel schon im Freien lassen. Dann ging er vom Garten aus ins Haus, zur Eingangstür, öffnete diese und holte die drei Pakete herein, die vor der Tür vom Zusteller zwischengeparkt worden waren. Der Girmindl bekommt ja relativ viel mit der Post. Was den Girmindl übrigens vor einem frühzeitigen Ableben bewahrt hat, ist, dass er keine Führerschein besitzt, demnach fährt auch nicht mit Auto durch die Gegend und schont somit das Klima. Und weil er da so ein grüner Apostel ist, denkt er sich, dann kann ich mir schon die eine oder andere Platte liefern lassen. Deswegen liegt auch relativ häufig, das eine oder andere Packerl vor der Eingangstür. Und wer hat es nicht gerne, dass, wenn er nach Hause kommt, etwas auf ihn wartet. Bei manchen mag das die Gattin sein, in unserem Fall hier, ist zum Beispiel das Ruben & the Jets Album, endlich wieder auf Vinyl erhältlich und preislich in annehmbaren Höhen. Und es passt ja auch wie die bekannte Faust aufs Auge zum Sommer, Doo-Wop und Surf von Frank Zappa, so soll es sein. Also legt der Girmindl die Platte auf den Teller, setzt die Nadel in die Rille und lässt auch die Nachbarn etwas davon haben. Er selbst setzt sich mit seinem Welchrieslingspritzer auf die Terasse. So könnt es bleiben. Tut es aber nicht.

*

Nachdem die Nadel am Ende der Rille angekommen ist und sich alles nur noch im Kreise dreht, es aber wenig

Sinn ergibt, steht der Girmindl auf und dreht die Platte um, so wie es sich gehört, indem er sie nur an der Kante anfasst. Da fällt sein Blick auch gleich auf die restlichen beiden Pakete, die er eigenartigerweise nicht gleich geöffnet hat. Dazu holt er sich aber nun ein Messer aus der Küche, schneidet das Paketband des kleineren der beiden durch und holt seine bestellten CD-Rohlinge ans Licht der Welt. Warum der Girmindl überhaupt noch Rohlinge kauft sei einmal dahingestellt. Er ist halt ein Mann mit einer alten Seele und verbringt viel von seiner Zeit im Gestern. Das zweite, von den beiden übrig gebliebenen Paketen ist etwas größer als jenes, das die Rohlinge beherbergt hat, vom Gewicht her etwas leichter und mittlerweile auch schon offen. Der Girmindl kann sich zwar nicht erinnern, was er alles so in letzter Zeit bestellt hat, dass darunter aber auch zwei Beutel mit getrockneten Blüten waren, da ist er sich ganz sicher, das kann nicht sein. Wozu sollte er die denn auch brauchen. Natürlich war der Girmindl Hobbygärtner und natürlich hatte er sich schon mal die eine oder andere Pflanze nach Hause liefern lassen, Samenpakete ebenso, getrocknete Zierblüten, die nach dem Öffnen des Cellophans aber so etwas von intensiv nach Oberstufe rochen, nein, die hatte er bestimmt nicht bestellt.

3 – Zombieland

Wenn der Girmindl das Marihuana nicht bestellt hat, wieso lag es dann vor seiner Haustür? Auf den ersten Blick mag diese Frage wohl gerechtfertigt erscheinen, auf den zweiten, dann eher nicht so. Wie schon erwähnt, bekommt der Girmindl ja immer wieder, wenn nicht täglich seine Pakete. Jeder Bote, jede Zustellerin, in deren Rayon der Girmindl wohnt, kennt ihn. Ob sie ihn schätzen, wir wissen es nicht, stellen die meisten ohnehin die Pakete lediglich vor die Tür um im Computersystem zu vermerken, dass das Paket einem Hausbewohner(in) übergeben worden sei. Ok, das stimmte nicht ganz, wenn das Zeug aber ankam, dann war dem Girmindl diese situationselastische Auslegung von Tatsachen keinen Gedanken wert. Der Girmindl bekommt also Pakete en masse, somit kann es schon einmal passieren, dass eines, im Eigentlichen für jemand anderes bestimmtes, vor der Türe liegt. Und wenn man dann seine Post der Reihe nach öffnet, wer schaut da schon, ob es die richtige Anschrift aufweist. Somit kann der Girmindl da auch nicht wirklich etwas dafür und was will man ihm denn vorwerfen, dass er die Pakete vor seiner Tür mit hinein nimmt? Also wirklich! Das alles löst aber das Dilemma noch nicht. Denn was soll der Girmindl machen. Das Paket dem Empfänger übergeben, der drei Straßen weiter wohnt, die Polizei informieren, die möglicherweise einen Eiertanz aufgrund des Briefgeheimnisses aufführen würde. Oder soll er es auf die Post bringen und zurücksenden? Ist nicht so einfach, denn es steht, verständlicherweise, kein Absender drauf. Und wenn er es behält? Hm, das wäre natürlich eine Möglichkeit, aber was sollte er damit? Er ist ja nicht einer von denen, die sich solche Zigaretten drehen. Und nein, er raucht auch keinen Tee in der Pfeife, auch wenn er eine hat; die stammt aber noch aus grauer Vorzeit, er kann sich da eigentlich gar nicht mehr dran erinnern, wann und wo er die gekauft hat. Aber egal. Er dreht sich ja seit seiner Lungenentzündung gar keine mehr. Lediglich die vom Dylan raucht er, und das auch schon lange nicht mehr, da es ja keine Möglichkeit mehr dazu gegeben hat. Fürs erste packt er die beiden Beutel wieder in die Schachtel zurück und stellt diese in eine Ecke. Er wird sich etwas einfallen lassen müssen. Jetzt aber macht er erst einmal einen Ausritt nach Zombieland. Er steht zwar nicht auf Streaming, da findet er nämlich nix, sagt er immer. Entweder hat er die Sachen ohnehin auf DVD oder es ist immer dasselbe, meint er. Aber manchmal, da schaut er sich dann irgendetwas Trashiges an und findet Netflix dann doch ein wenig – naja, zumindest ganz praktisch.

*

Es ist ja so, dass man am Land so einiges mitbekommt; und das auch, wenn man es gar nicht will. Jetzt geht also ein Paketzusteller in der Früh arbeiten, fährt mit seinem Zustellfahrzeug den Rayon ab, stellt Pakete vor die Haustüren, raucht dazwischen eine halbe Packung Winston und trinkt seinen Eistee. Am Nachmittag dann wird er, gerade noch lebendig, in seinem Zustellfahrzeug gefunden, weil eine der beiden hinteren Türen offen steht und somit natürlich wieder irgendwer hineinschauen hat müssen, womöglich um herum zu stirrln. Da hat der Betroffene aber geschaut, als er den Herrn Zusteller auf seinen noch zu zustellenden Paketen liegen hat sehen. Ein bissl Blut war aus der Nase geronnen, aber nur gerade so viel, dass es einen kleinen Fleck gegeben hat, der aber wieder leicht zu entfernen wäre. Somit können die Pakete, falls der Verunfallte so viel Kühnheit besaß und sich erlauben würde in den Krankenstand zu gehen, von einem Kollegen oder einer Kollegin in den folgenden Tagen zugestellt werden. Warum auch nicht. Empfänger und Absender konnten ja nichts für die Verzögerung, worauf also warten. Natürlich, die Spurensicherung, der Polizeiarzt, die freundlichen Herren von der Bestattung, die traurig wieder abziehen mussten, weil ein übermütiger Polizeischüler sie angefordert hatte, die hatten schon auch noch ein Wörtchen mitzureden, beziehungsweise ihre Arbeit zu verrichten. Aber weil man hier kulant ist, sind die Auswirkungen relativ gering und bis auf den Tratsch und die Tatsache, dass in all diesem Durcheinander lediglich der Scanner des Paketzustellers abgängig ist, war eigentlich nix. Es gab natürlich keine Erwähnung in der ZiB und die paar Artikel in den Tageszeitungen, erschienen auch nur in den Regionalausgaben. Für alle in der näheren Umgebung war es aber doch ein wenig unheimlich, wenn da, nur ein paar Gassen oder Ecken weiter, jemand an einem sonnigen Nachmittag so einfach niedergeschlagen werden konnte. Und die Fraktion der besorgten Bürger verdächtigte Banden aus dem Osten oder vielleicht war es doch ein Asylwerber aus dem nahegelegenen Erstaufnahmezentrum gewesen? Der Girmindl dachte an etwas anderes. An etwas Konkreteres. Aber er verwarf den Gedanken so schnell wie er gekommen war auch schon wieder. Auf die Polizei konnte er jetzt nämlich nicht mehr so einfach. Es würde einen Erklärungsnotstand geben. Zumindest müsste sich der Girmindl die Frage gefallen lassen, warum er sich denn nicht schon früher an die Beamten gewandt hat. Warum er den psychisch aktiven Rasenschnitt nicht gleich gemeldet hat. Aber das war jetzt auch egal. Er würde, wenn er es wieder aus seiner Hängematte geschafft hatte, das Paket einfach in den Papiercontainer werfen. Es stand ja ohnehin nicht sein Name drauf. Oder würde man doch zurückverfolgen können, woher das Paket kam, wer es weggeworfen hatte? Kopfzerbrechen schafft Kopfweh, das wusste der Girmindl und er wollte sich keinen Wolf denken, also schloss er seine Augen und ließ sich und seine Seele baumeln.

*

Und weil der Girmindl auch ohne Gras die Seele baumeln lassen kann, reflektiert er ein wenig in der Hängematte. Wenn man sich die Schneidazeit so im Rückspiegel betrachtet, dann kann man, trotz fehlender Höhen und Tiefen schon ein bissl melancholisch werden. Damals noch am Möllplatz, der Girmindl und der Othmar sitzen sich gegenüber und übersetzen Oids Liad, I kunnt mi ned beschwern, so wie es damals noch hieß, und eine Handvoll andere bevor der Dylan, seines Zeichens auch Sniderkenner, hinzustößt, das ganze größer wird, als geplant und man letztendlich im WUK die erste CD präsentiert, die noch gar nicht fertig ausgenommen war. Über die Szene Wien gings nach Graz, Salzburg, Wös und Steyr. Linz war auch. Der Abraham hat das zweite Album produziert, der Girmindl hat sich gefreut, weil er so oft gelobt wurde. Dass er ein Genie ist, weiß er ohnehin. Ob das jetzt alle anderen auch wissen, war eigentlich nebensächlich. Die Jahre verlaufen ja wie nichts und wenn man ganz genau sein möchte, dann steht in zwei Jahren das zehnjährige Jubiläum vor der Tür. Da könnte man eigentlich den letzten Sargnagel einschlagen und sagen: es war sehr schön, es hat uns sehr gefreut. Man muss sich früh genug auflösen, sonst geht sich ein Comeback schlecht aus und jede halbwegs seriöse Band braucht so etwas wie ein

Comeback. Der Girmindl tunkt jetzt so ein bissl vor sich hin, das aber nur so lange, bis es ihn reisst. Es hat gerade an der Tür geläutet.

4 – Sendungsverfolgung

„Üblicherweise stellen sie die Pakete doch hier ab", sagt der Girmindl und deutet auf die Türschwelle.

„Ich bin neu, ich fahr zum ersten Mal hier."

„Verstehe, ich hab nämlich eine Abstellerlaubnis, also brauchens nicht läuten, vor allem wenn ich nicht da bin."

„Sind sie oft nicht da?"

„Kommt drauf an, im letzten Jahr war ich fast immer da."

„Ist klar. Danke."

Eigenartig, oder vielleicht auch wieder nicht. Der Girmindl schließt die Tür, geht ins Wohnzimmer und öffnet den Versandkarton. „We are fuck you" von The Finger befindet sich darin. Eine Rarität, kann man da schon sagen, letztendlich aber trotzdem nur etwas fürs Regal. Wie oft hört man sich denn solche Dinge schon an, einmal wenn mans kauft. Dann nie wieder. Also auf den Plattenteller damit. Er dreht ein wenig leiser, die Musikanten waren wohl äußerst euphorisch und bedacht darauf, dass man auch wirklich alles laut und deutlich hören würde. Der Girmindl klappt seinen Laptop auf. Er scrollt sich ein wenig durch Facebook. Hie und da muss das sein. Früher war er dort aktiver, jetzt ist er aber mittlerweile vom Glauben abgefallen, somit schaut er nur noch hie und da vorbei, postet ein zwei Sätze pro Monat, und das wars dann aber auch schon wieder. Ah, der Othmar war wieder einmal unterwegs, Radwanderung nach Breclav, soll so sein, ein bissl Bewegung würde ihm ohnehin nicht schaden. Und er ist ja wirklich äußerst freundlich der Othmar, informiert die halbe Welt über seine Freizeitaktivitäten, sodass wirklich niemand sagen kann, er hätte es nicht gewusst. Da läutet es abermals an der Türe. Was soll denn das, denkt sich der Girmindl, steht aber wieder auf und geht dem Geläute nach. Als er öffnet, erkennt er den Paketzusteller wieder, mit dem er vor nicht allzu geraumer Zeit die auf der letzten Seite niedergeschriebenen Worte gewechselt hat. Bevor er aber noch etwas sagen kann, stürzt dieser schon herein und der Girmindl spärt nur

60

noch dessen Hand um seinen Hals. So bringt er natürlich auch keinen Schrei zustande, den vielleicht jemand hören und so die Polizei informieren könnte. Das nächste, was der Girmindl mitkriegt ist, dass der gefliese Boden sich relativ hart anfühlt. Wenn man mit der Stirn voran den Boden küsst, dann ist das kein Vergnügen. Im Fernsehen sah das immer relativ unspektakulär aus, wenn der Papst den Boden geküsst hat. Gut, er hat es ja auch freiwillig getan, das kann man dem Girmindl jetzt aber nicht nachsagen. Ein Direktflug vom Vor- ins Wohnzimmer ist ja nicht jedermanns Sache. Wenigstens hat der Girmindl heute Vormittag gewischt, oder wars gestern? Auch egal, der Boden ist sauber, bis auf die blutige Schleifspur, aber der Girmindl kommt gar nicht zum Nachdenken. Er kann sich gar nicht darüber ärgern, dass er jetzt schon wieder zusammenwischen wird müssen. Denn schon steht er mithilfe des falschen Paketzustellers wieder gerade. Der blickt ihm tief in die Augen und sagt: „Wo is des Packl?"

Der Girmindl stellt sich kurz deppat, weil ihm auch nicht einfäällt welches Packl der meinen könnte. Und nicht dass sie jetzt glauben, der Girmindl ist vegesslich – gut, das ist er schon, aber darum geht's jetzt gerade nicht – er verknüpft diesen Wahnsinnigen nicht gleich mit der Grünschnittsendung, die er ja vor einigen Tagen, zu Unrecht, wie wir hier festhalten wollen, erhalten hat.

„Was fia a Packl?", sagt er etwas schmähstad.

„Stell di ned deppat, ich weiß, dass es hier abgegeben wurde."

Logisch, jetzt ist auch klar, warum der Scanner verschwunden war. Man hat sich zwar die Frage gestellt: was macht jemand damit, aber jetzt wissen wir das auch. Das mit dem Bluten taugt dem Girmindl gar nicht. Es tropft nämlich ganz schön aus seiner Nase raus, direkt auf sein Daniel Johnston T-Shirt. Und das giftet den Girmindl natürlich auf mehreren Ebenen. Weil, erstens weiß er ja, dass das Blut gar nicht gut aus so einem hellgrauen Leiberl rausgeht, zweitens erinnert ihn das an eine Szene aus einem früheren Leben, wo er nach ein wenig Nasenboren ein weiteres Bandshirt hat zerreißen müssen um sich die Nase zuzustopfen weil er sonst wahrscheinlich verblutet wäre – nein, wäre er nicht – und drittens, ja drittens ist es einfach ekelhaft, wenn man diesen Blutgeschmack im Mund hat, ist ja fast als würde man Juvina trinken. Das geht ihm alles so schnell durch den Kopf, im Bruchteil einer Sekunde ziehen diese blutigen

Erlebnisse an ihm wie ein Film vorüber. Und da sieht er, im linken der imaginären Leinwand, das Paket neben der Haustür stehen.

„Da drüben", krächzt er heraus.

Der offensichtliche Nicht-Paketzusteller wirft einen Blick auf die Seite, nimmt den braunen Karton wahr und schlägt, zum Dank sozusagen, dem Girmindl mit der Faust mitten ins Gesicht. Vom Blut wollen wir jetzt gar nix mehr sagen. Der Girmindl kippt rückwärts hinüber, im Fallen rudert er noch ein wenig mit den Armen – völlig zwecklos – und knallt dann, ungebremst auf den Boden; wir haben schon erwähnt, dass er sauber und gefliest ist. So bleibt er liegen.

*

Dann wacht der Girmindl auf. Er liegt im Gras unter der Hängematte. Der Schädel brummt ein wenig. Irgendwie muss er aus der Hängematte gefallen und mit dem Schädel an das Gestänge des Gestells geknallt sein. Er reibt sich die Stirn. Schon eigenartig das alles. Er richtet sich auf. Es ist schon etwas später an diesem

Nachmittag. Die Sonne ist mittlerweile am Untergehen und es ist mittlerweile richtig angenehmen. Die Hitze des Tages hängt nicht mehr allzu arg in der Luft. Der Girmindl geht ins Haus. Abendessen steht am Programm. Vielleicht macht er sich endlich einmal eine Saure Wurst. Hat er das letzte Mal vor einer gefühlten Ewigkeit gegessen. Als er zum Eiskasten geht, fällt ihm auf, dass ein Lichtstrahl ins Vorzimmer fällt. Hat er die Eingangstür nicht zugemacht. Das ist eigentlich nicht seine Art. Und ja, sie ist nur angelehnt. Dass das Paket, das er im Vorzimmer stehen hatte und das er immer noch nicht zur Post, zur Polizei oder wenigsten zum Container gebracht hat, nicht mehr an seinem Platz ist, fällt ihm gar nicht auf.

5 – @Johnnys

Der Girmindl trifft den Dylan. Nach dem Lockdown ist vor dem Lockdown. Das letzte Mal, als sie sich gesehen hatten, da war es drei Tage vor dem Girmindl seinen Geburtstag, also März. Jetzt ist es Ende Oktober und kurz vor dem abermaligen Zusperren. Somit ist auch die Stimmung eine zumindest eigenartige, es ist so, als würde man sich noch nicht allzu lange kennen, oder eben sich schon lange nicht mehr gesehen haben, fast wie ein Maturatreffen. Aber da der Girmindl ja keine Matura hat, weil er sich mit 18 vom Gymnasium abgemeldet hat, weiß er das ja nicht und somit bleibt ihm nur ein weiteres nicht zuordenbares Gefühl. Der Dylan ist an diesem Abend wohl auch ein wenig melancholisch, ordert er ja einen Whiskey nach dem anderen. Das ist ja grundsätzlich nix schlechtes, ansonsten tut er das aber eher selten, irgendwas liegt in der Luft und es ist nicht nur das Virus.

„Wir schicken uns einfach die Tracks hin und her, Stress gibt's eh keinen, Präsentation weiß ohnehin niemand wann und ob, also was solls."

„Und welche Songs?"

„Songs gibt's doch eh genug. Haben wir doch alle schon mal durchgespielt."

„Na gut, und wie kommt der Othmar dazu?"

„Na wir machen alles fertig und dann soll er bei mir aufnehmen."

„Gut, dann mach die Ghosttracks und schick mirs."

Inhaltlich gibt es an diesem Abend nichts mehr Interessantes, mehr Whiskey, das wars dann aber auch schon wieder. Der Girmindl raucht zwei Gewuzelte vom Dylan, dann macht er sich auf nach Hause, er ist müde.

OTHMAR

1 – Geschlossene Gruppe

Nachdem der Othmar mehrere Jahrzehnte damit beschäftigt war, die Wiener Plattenladenszene in den Konkurs zu führen, sodass er als letzter mit seinem Folkladen quasi als Monopol überleben würde, wurde er, nach eben einer mehrjährigen Auszeit, wieder zu einem Job zugelassen. Der Gerechtigkeit halber sei klargestellt, dass es der Othmar natürlich nicht geschafft hat, alle Plattengeschäfte Wiens der Schließung zuzuführen. Den Großteil dieses Verdienstes, kann sich nämlich das Internet umhängen, das mit seinen Tauschbörsen und dergleichen, dem Handel mit physischen Tonträgern den Garaus gemacht hat. Und auch wenn man heute immer wieder von der Rückkehr der Schallplatte lesen kann, es einen scheinbaren Vinylhype gibt, dann sei festgehalten, das, was heute an Platten verkauft wird, ist eine Fußnote der Bilanz; mehr nicht. Doch lassen wir das, kommen wir lieber wieder zum Othmar. Er ist richtig froh darüber jeden Morgen aufzustehen und sich quer durch Niederösterreich an seinen Arbeitsplatz zu begeben. Er tut das gerne, denn er ist gerne unterwegs. Weil es ja eh ned weit ist, wie er selbst immer sagt. Trotzdem frisst so ein Arbeitsweg auch Zeit, selbst wenn man diese, so wie der Othmar, sinnvoll gestaltet. Endlich kann er wieder seine alten Perry Rhodanhefte lesen. Aber auch wenn Perry manches wettmacht, dem Othmar fehlt einfach die Zeit. Wie soll er all den Gruppen und Profilen auf Facebook folgen, zu den Diskussionen beitragen, sowie verhaltensauffällige User an die zuckerbergsche Stapo melden. Das kann sich alles nicht ausgehen. Aber weil der Othmar ein Kämpfer ist, versucht er es trotzdem. Natürlich nicht mit dem Erfolg der Vergangenheit, als er sich noch rund um die Uhr den Abartigkeiten des Internets widmen konnte, aber trotzdem noch mit Leidenschaft.

Wenn er von seinem Arbeitstag heimkommt, führt ihn sein erster Weg natürlich zum Eiskasten. Dort wartet schon ein enger Verbündeter in Form einer Dose Gambrinus auf ihn. Das Zischen und die etwas feuchten Finger, nachdem er die Dose knackend geöffnet hat, lassen den Othmar sich wie zuhause fühlen. Naja, er ist es ja auch. Dann setzt er sich vor seinen Computer, schaltet den Bildschirm ein und klickt auf das kleine blaue f. Er sieht sich erst einmal um, Messenger, Newsfeed, all das, was facebook zu einem notwendigen Teil des eigenen Daseins macht. Danach besucht er diverse Gruppen, von Musik über Politik ist alles dabei. Er liked und trinkt schluckweise sein Bier. Gott sei Dank raucht er nicht, so viel Multitasking wäre wohl etwas too much für den in die Jahre gekommenen Herren. Dieses Facebook ist ja eigentlich ein globaler Nachrichtendienst. Wenn man da so ein paar hundert Meter hinter sich bringt, ist man rundum im Bilde. Natürlich nur im eigenen, aber wer möchte schon etwas anderes, als die eigene Meinung bestätigt sehen. Seitdem die Blauen nicht mehr in der Regierung sind, hat der Othmar wieder ein bissl mehr Luft nach oben, und das im wahrsten Sinne des Wortes. Er hyperventiliert um einiges weniger als in den vergangenen Jahren und so arbeitet auch seine Lunge wieder entspannter. Aber das ist nur ein weiterer positiver Nebeneffekt von Ibiza. Ein andere war, abgesehen vom Rücktritt der Lichtgestalt, dass Schneida nicht umhin konnten, den alten Hit „Going to Ibiza" in ihr Liveprogramm aufzunehmen. Wobei man dazu sagen muss, dass es lediglich zu einer einzigen Aufführung des schicksalsträchtigen Songs gekommen ist. Damals, in Hollabrunn, im sogenannten Bierbeisl, hatte man den Witz nicht mit allzu großer Begeisterung aufgenommen, somit flog er wieder aus dem Programm. Was man aber fairerweise auch noch erwähnen sollte, danach gab es kein Konzert mehr. Es gab auch kein Bierbeisl mehr (ob es hierbei einen Zusammenhang mit Othmars Aufenthalt ebendort gibt, sei einmal dahingestellt). Das letzte Jahr hatte so einiges verändert. Auch für den Othmar war es an der Zeit, liebgewonnene Gewohnheiten abzulegen und sich neue zuzulegen. Somit blieb dem Othmar lediglich der Abend selbst, um sich um seine basalsten Bedürfnisse zu kümmern, die da waren: Bier trinken, Musik, Kommentieren.

*

„Heast du kommunistische Oaschsau, so oft wies dir ins Hirn gschissn haben, so oft kann ma gar ned owelossn. Pass auf, dass i di ned amoi dawisch…"

Der Othmar klickt die Nachricht wieder weg. Es ist nicht das erste Mal, dass er solche literarische Ergüsse in seiner Mailbox vorfindet. Meist stammen sie von irgendwelchen Fakeprofilen, die man schon am ersten

Blick daran erkennt, dass es sich nicht um eine Person des realen Lebens handeln kann. So schnell wie die Nachricht da war, hat sie der Othmar auch schon wieder weggeklickt. Der Othmar war in Stimmung. In Stimmung um ein paar Runden in diversen Gruppen zu drehen, ob es jetzt „Wir wollen keine Post von Jeannee" war, oder „I was blocked by HC Strache", der Othmar war in Fahrt. Er kommentierte, er likte und er blockte, falls ihn jemand privat zu direkt anstieg. Pro Click ein Schluck, somit war es wieder an der Zeit sich auf den Weg zum Kühlschrank zu machen, ein weiteres Bier wollte seiner Bestimmung zugeführt werden.

2 – Wackelstein

Der informierte Leser und die ebenso informierte Leserin, werden ja wissen, dass jedes Jahr im Sommer, das sogenannte Wackelsteinfestival stattfindet. Im Waldviertel. Es ist also, dank der sommerlichen Temperaturen, durchaus möglich, die sibirischen Weiten des nördlichen Niederösterreichs aufzusuchen ohne an Erfrierungen und dergleichen das zeitliche segnen zu müssen. Dieses Festival wird auch jedes Jahr vom Othmar nicht nur besucht, sondern auch unterstützt mit seiner Arbeitskraft, die er gerne und auch gratis zur Verfügung stellt. Das musikalische Programm reicht von Country und Western über Folk, Roots sowie Bluegrass und weitere Nischen. Der Othmar ist mit seiner Band übrigens noch nicht beim Wackelstein aufgetreten. Er möchte Arbeit und Vergnügen nicht vermischen, da hört sich nämlich jeglicher Spaß auf. Gut, ein Auftritt beim Wackelstein würde auch ein wenig mit der 3-Bier-Regel kollidieren.

Wie übersteht man einen Tag im Waldviertel, wenn man nicht schon zum Frühstück zumindest ein Seitl inhalieren darf. Und ab diesem Zeitpunkt ist der Tag ohnehin eine schräge Wiesn, wie man so sagt. Dieses Jahr wird es deswegen aber keine interne Banddiskussion geben, denn das Wackelsteinfestival findet ohnehin nicht statt. Wie denn auch. Das Reisen an sich ist relativ unsicher, all die internationalen Acts, die sich vom Ural bis zur hintersten Mongolei aus ins Waldviertel aufmachen würden, können das in diesem Jahr nicht. Die Einreisebestimmungen ändern sich stündlich, die Fahrpläne ebenso und somit ist es schier unmöglich eine Festival, noch dazu im Waldviertel zu planen. Also vertröstet man aufs nächste Jahr, das wahrscheinlich genau so attraktiv sein würde wie sein Vorgänger, und sagt das Festival ab. Was den Othmar aber auch nicht aus der Ruhe bringt. Jedes Jahr hat er mit dem Festival eine kleine Radtour verbunden. Er ist also ein paar Tage davor von daheim weggefahren, kam dann zu den Vorbereitungen im tiefsten waldviertler Gestrüpp an, durchlebte die drei Tage Wackelstein und radelte dann noch ein paar weitere Tage quer durch Niederösterreich, bis er wieder daheim ankam und die folgenden zwei Wochen unter dem Sauerstoffzelt verbrachte. Dieses Jahr war anders, das war etwas, worauf sich mittlerweile alle

Beteiligten einigen konnten, der Othmar aber sagte sich: geradelt wird trotzdem und so machte er sich auf den Weg, nicht aber ohne vorher seine Facebookfollower (is Englisch, also beiderlei Geschlechts) darüber zu informieren.

*

Wenn man den Othmar kennt, und wer tut das nicht, dann kennt man ihn schon lange. Das wiederum ist ein Ergebnis des eigenen und des Alters vom Othmar selbst. Somit ist der Othmar auch schon ein alter Hund und sollte man sich nicht zumindest ein paar wenige Sorgen um ihn machen? Nun, auch wenn es Sommer ist, dementsprechend das Thermometer luftige Höhen erklimmt, muss man sich keine Sorgen um den Othmar machen. Denn: er verreist nicht alleine. Er hat sein Rad und ebenso die Hanna mit. Sie passt auf ihn auf, rettet ihn aus so mancher brenzlichen Situation und schneidet ihm am Abend seine eingewachsenen Fußnägel wieder auf grad. Somit kann die Reise beginnen, und wir müssen uns keinerlei Gedanken machen, was wir ja ohnehin nicht getan hätten. Wer den Othmar kennt, und wer tut das nicht, weiß, dass er ein durschtiger Kerl ist. Man hat da so richtig dieses Bild im Kopf, der Othmar und sein Trolley in dem er nicht nur seine Bluesharps, Wäsche zum Wechseln, sondern eben auch eine Unmenge an Getränken mit sich führt. Ein Getränkemarkt ist da nix dagegen. Und so hat er, nein, nicht den Trolley, aber seine Satteltaschen mit etwas Wäsche zum Wechseln, seinen Bluesharps und natürlich einem ansehnlichen Getränkevorrat gefüllt. Und schon kanns losgehen. Der Othmar schwingt sich aufs Rad, den Sattel hat er endlich wieder montiert, tritt in die Pedale und fährt dem Horizont entgegen. Nun, ganz so pathetisch ist es nicht. Der Kies knirscht unter den Pneus und anfangs ist der Othmar noch etwas wackelig auf seinem Drahtesel. Die Hanna sperrt übrigens noch ab, damit auch keine ungebetenen Gäste in ihrer Abwesenheit den Kühlschrank plündern und Othmars Getränkevorrat austschechern. Dieses Privileg ist dem Othmar vorbehalten. Gott sei Dank hat er seine Haare zusammengebunden, denn der Fahrtwind hätte ihm sonst die Mähne durch die Luft gewirbelt und es wäre ihm womöglich wie Absalom ergangen und er wäre damit in einem Baum hängen geblieben und so kommt man ja auch nicht weiter, also zumindest wenn man eine Radtour geplant hat. Aber der Gummi hält und

Othmar und Hanna sind unterwegs, zischen durch Wördern und freuen sich schon die Donau zu überqueren. Gott sei Dank ist auch eine Brücke in der Nähe, sonst hätten sie rüberschwimmen müssen. Da beide aber nur nackig schwimmen, es früher Nachmittag ist und somit auch viele Kinder unterwegs sind und der Othmar die jungen Buben natürlich nicht desillusionieren möchte, wäre das eine Herausforderung für sich gewesen. Wahrscheinlich hätten beide ein Floß bauen müssen, aber sie haben ja keine Axt dabei gehabt und überhaupt war der Othmar vom Floßbauen auch nicht wirklich begeistert, seit er einmal mit einem untergegangen ist. Das ist aber eine andere Geschichte und schon auch wieder vergessen.

Mittlerweile hat Othmars Facebookposting, in welchem er seine mehrtätige Waldviertelrundfahrt angekündigt hat, schon zwölf Likes. Jeder seiner Apostel hatte es für gut befunden, ein Ausreißer hat ein Herz gespendet, ganz lustig. Wahrscheinlich wollte er den Othmar subtil darauf hinweisen, sich ein wenig zu schonen. Der Othmar ist aber mit der Hanna schon längst unterwegs und kann das Herz, und somit den Wink mit dem Zaunpfahl, nicht mehr zur Kenntnis nehmen und leider Gottes auch nicht kommentieren.

Nein, der Othmar ist nicht glücklicher Besitzer eines Smartphones. Er ist da, wie bei so manch anderen Fragen des täglichen Seins, einfach grundsätzlich dagegen. Somit wird er die Reaktionen auf seine Aktionen erst nach seiner Rückkehr zur Kenntnis nehmen. Obwohl, da wird er wohl andere Sorgen haben.

3 – Heimkehr ins Chaos

Der Othmar und die Hanna waren überall. Also überall wohin sie wollten. Greifenstein, Korneuburg, Hagenbrunn. Das Wetter war zwar nicht immer vom allerfeinsten, wurde aber geflissentlich ignoriert. Ist eh besser wenn die Sonne nicht so runterbrennt. Dazwischen ein bissl Zugfahren, in Breclav raus, dann mit dem Rad nach Mikulov, dort übernachten und schon geht's weiter. Runter nach Laa an der Thaya nach Loosdorf und nach Asparn. Dort legen die beiden eine Verschnaufpause ein und bleiben einmal in der Gegend. Zwei Nächtigungen, der Körper braucht auch wieder ein bissl Regenerationszeit. Auf gaach geht nix und ist ja auch nicht all zu gesund. Somit wird am 4. Tag erst wieder die Rückreise angetreten. Weg von Asparn nach Ernstbrunn, über Stockerau und Greifenstein wieder nach Wördern. Und hier muss sich der Othmar nicht fragen: wo war mei Leistung, denn, Hut ab!, das war schon was, vier Tage in Bewegung, vier Tage unterwegs und vier Tage lang kein Facebookposting.

Der Othmar hat also gute 200 Fahrradkilometer mit der Hanna hinter sich gebracht, biegt jetzt links von der Hauptstraße ab und rollt die letzten paar Meter zum Gartenzaun. Das Heimkommen ist ja fast so schön wie das Wegfahren. Und Heimkommen kann man ja erst, wenn man einmal weggefahren ist, also macht das alles schon seinen Sinn. Was keinen Sinn macht, denkt sich der Othmar, ist, dass er anscheinend die Türe nicht abgeschlossen hat. Sie steht sperrangelweit offen. Wie konnte das passieren, er ist doch sonst immer so genau, wenn es darum geht. Was Othmar und Hanna für ein Anblick aber erwartet, als die beiden das Haus betreten, ist schwer zu beschreiben. Mit offenen Mündern stehen die beiden im Flur und schauen auf das Chaos, das dort vorherrscht. Es hat nichts mit dem üblichen Durcheinander zu tun, das es nun mal in kreativen Haushalten gibt. Außerdem scheißt der Othmar nicht ins Stiegenhaus, die Hanna sowieso nicht, demnach, muss in der Abwesenheit der beiden, jemand zumindest seine Notdurft hier verrichtet haben. Doch dabei ist es ohnehin nicht geblieben. Als die beiden in ihr Wohnzimmer kommen, erschließt sich ihnen erst das wahre Ausmaß des unerbetenen Besuchs. Die Bücherregale sind umgeworfen, der Inhalt der Regale verteilt sich über den Boden und die Tür zur Terrasse steht auf. Dort bietet sich ein weiteres Bild der Zerstörung, die Blumentöpfe sind durch die Bank weg umgestoßen, Erde bedeckt die Waschbetonfliesen und die Hanna beginnt nun auch zu zittern.

„Na serwas", ist das erste, was der Othmar über die Lippen bringt. So etwas hat er noch nicht gesehen, schon gar nicht zu hause. Aber die Situation lässt sich auch nicht durch Kopfschütteln aus der Welt bringen.

„I schau amoi owe", sagt der Othmar jetzt, zur immer noch zitternden Hanna. Mit owe meint er den Keller, der auch in den Garten hinaus führt. Dort hat er all seine Tonträger, weitere Bücher und abertausenden nichtverkauften Schneidatshirts. Er lässt sich etwas Zeit, wie er so die Stufen hinunter steigt. Kein Wunder, ahnt er ja, dass ihn dort eine ähnliche Situation erwarten wird, noch dazu in seinem persönlichen Heiligtum. Und er hat sich nicht geirrt. Auch dort liegen die Bücher am Boden verstreut herum, der kleine Couchtisch ist umgeworfen und die Nische, in der sich praktischerweise ein in Griffweite befindlicher Eiskasten befindet, verteilen die zerschlagenen Gläser ihre Scherben auf dem Linolboden. Eigentlich ist es zum Heulen, aber der Othmar beißt die Zähne zusammen und schaut jetzt auf seinem Schreibtisch nach dem Rechten. Der Bildschirm ist umgeworfen und es schimmert ein feuchter auf der Tischplatte. Die herumliegenden Papierstöße sind auch durchtränkt und der Othmar schaut sich nach dem Behältnis um, das hier wohl geleert worden ist. Er findet aber keines. Und als er die Tastatur hochhebt, ein schmales Rinnsal noch aus dem Gehäuse läuft, bemerkt er: er wird kein Behältnis finden. Jemand hatte auf seinen Schreibtisch uriniert.

*

„Haben sie irgendetwas verändert?"

„Nix hamma verändert. Selbst der Haufen ist no im Stiegnhaus."

„Welcher Haufen?"

„Schauns afoch söbst."

Der Othmar ist ja nicht wirklich ein Freund der Polizei. Er wollte ja anfangs auch niemanden rufen aber die

Hanna hatte darauf bestanden. Alleine schon wegen der Versicherung. Das hatte der Othmar dann auch eingesehen und mit seinem Handy die Behörden verständigt. Die waren auch gleich vorstellig und nahmen auf, was aufzunehmen war.

„Haben sie irgendwelche Feinde?"

„I? Na, wieso?"

„Schauen sie sich halt einmal um, dann wissens wieso ich frag."

„Wirklich niemand der sie ned leiden kann, sowas gibt's ja fast ned."

„Na, wissat i jetzt niemand."

Man könnte jetzt natürlich einwenden, dass es möglicherweise Personen aus Othmars Vergangenheit gibt, die sehr wohl das eine oder andere dem Othmar vorwerfen könnten. Wenn man da beispielsweise an all die Plattenläden in Wien denkt, die es nicht mehr gibt. Kurz ziehen die Portale von Carola, Herlango und wie sie alle geheißen haben, an Othmars innerem Auge vorbei, dann schüttelt er aber den Kopf, das wäre wirklich an den Haaren herbeigeholt, so etwas gibt es nur im Fernsehen oder in schlechten

Heftromanen. Im Real-Life kommen solche Handlungsstränge nicht vor.

„Gut, wenn wir da nichts mehr machen können, räumens halt wieder zsamm und machens eine Aufstellung für die Versicherung, was fehlt oder was beschädigt ist. Gut is, wenn man immer auch die Rechnung noch hat."

„Jo, i waaß eh. Danke!"

Mit diesen Worten verlassen die Beamten das Haus und somit Hanna und Othmar im Chaos zurück. Gerade hatten sie sich so richtig eingelebt gehabt, alles war an seinem Platz und die gemeinsame Zukunft lag vor ihnen und dann das. Aber es führte keine Weg daran vorbei, hier musste Ordnung geschafft werden und das umgehend.

4 – Beim Griechen

Die Versicherung tut das, was eine Versicherung so tut. Sie lehnt ab, lässt sich dann aber doch erweichen – es wäre ihr ja ohnehin nix anderes übriggeblieben - und überweist dem Othmar den ungefähren Wert seines antiken Standgeräts. Da die Zeit ja nicht wirklich stehen geblieben ist, kauft sich der Othmar aber jetzt einen Laptop. Ein bissl Moderne muss schon sein und Computer, wie er sie kennt, gibt es ohnehin so gut wie gar nicht mehr. Und siehe da, nach drei Wochen kann er endlich wieder ins Facebook und hat dort so einiges zum Nachlesen. Die Geschicke des Landes standen in Othmars digitaler Abwesenheit ja nicht still, es wurde weiterregiert, somit musste auch kommentiert werden. Das versucht der Othmar jetzt alles aufzuholen. Wir ersparen uns jetzt einmal all die Kommentare und Likes, die Smileys in unterschiedlichen Gemütszuständen. Es ist jedenfalls ein Riesenprojekt, in drei Wochen kann viel passieren.

Nachdem die letzte Gruppe besucht und auf den neuesten Stand gebracht worden ist, nimmt sich der Othmar seine Nachrichten vor und klickt sich durch den Messenger. Das Übliche hin und her, wann denn wieder Veranstaltungen geplant sind, ob er nicht dieses oder jenes arrangieren kann, das Übliche, könnte man so sagen. Dann noch ein kurzer Abstecher zu den Nachrichtenanfragen. Diesen Ordner schaut der Othmar auch regelmäßig durch, erwartet er ja auch Anfragen, die nicht von seinen Facebookkontakten stammen. Aber hier spielt sich auch nichts Außergewöhnliches ab. Bis auf diese eine Nachricht. Diese wenigen Zeilen, die Othmars Herz aber nun etwas schneller schlagen lassen. „Beim nächsten Mal, kommen wir, wennst daheim bist!"

*

„Othmar, das musst der Polizei melden, das ist ja kein Spass mehr. Was glaubst wie lang ich das Stiegenhaus geputzt hab."

„Jo eh, aber was sollen die herausfinden? Das Profil gibt's ja nimma, das ist ja gelöscht wordn."

„Die haben schon ihre Methoden, die finden schon raus wer das war."

Die Hanna ist sichtlich nervös. Sie hat sich eine ihrer seltenen Zigaretten angeraucht und weiß gar nicht mehr so recht wie das geht, das Rauchen. Aber jetzt hat sie halt das Verlangen danach. Zitternd führt sie den Glimmstängel zum Mund.

„Ruf jetzt an, dann sind die Spuren noch nicht verwischt, oder wie man das nennt."

Der Othmar ist von der Idee nicht so angetan. Er möchte seinen Laptop nicht hergeben. Er braucht ihn ja. Wer sollt der Welt sonst erzählen, was richtig und wichtig ist. Nein, nein nein, da musste es eine andere Lösung geben. Früher konnte man bei solchen Nachrichten wenigsten einen Handschriftenvergleich machen. Man konnte Papier untersuchen, wo es produziert worden war, wo verkauft. Heute war das anders. Aber was solls. Er würde jetzt einmal zur Polizeiwache fahre. Mit dem Rad. Es war ja eh nicht weit.

*

„Na, da könn ma goa nix machen."

„Wieso ned, sie können doch eh ollas überwachen."

„Da lesens zu viel Zeitung. Da steht viel drin, wenn der Tag lang is."

„Ich weiß."

„Eben. Schauens, sie haben a Drohmail bekommen, ohne Absender. Gut, das nehmen wir auf. Aber ehrlich, wie sollen wir rausfinden wer das geschrieben hat. Noch dazu von einem Profil, das es gar nicht mehr gibt. Glaubens wirklich, dass uns der Zuckerberg da in irgendeiner Weise helfen wird?"

„Wahrscheinlich nicht."

„Eben. Das geht jetzt alles seinen Weg. Aber weit wird's ned gehen. Sie haben da die drei Sätze, daneben gibt's kein Profilbild, wenn mans anklickt kummt ma auf a leere Seitn ohne irgendwas, wie soll ma da wen finden? Vergessens den Bledsinn."

„Najo, sie ham leicht zum Reden. Die Hanna sitzt ganz zittrig zhaus, das is ja a ned lustig für sie."

„Das kann ich mir schon vorstellen, aber was soll ma machen. Wir haben eh Spuren gesichert, schau ma mal was rauskommt, die DNA hamma, sollt die wo gespeichert sein, find ma den Typen."

„Naja, dann hättens ihn ja schon, oder, is ja schon a paar Woche her."

„Najo, a wieder wahr. Nix fia ungut, in a poar Monat is das alles vergessen."

„Wahrscheinlich."

Betrübt verlässt der Othmar den Polizeiposten. Er schwingt sich auf sein Rad und tritt in die Pedale. Jetzt schnell heim, damit er den Ausflug wieder vergessen kann. Was den Othmar aber auszeichnet ist folgendes: er verliert, auch trotz solcher Situationen, nie seinen Lebensmut. Da kann passieren was will, selbst wenn die Reichsbrücke ein zweites Mal einstürzt, der Othmar wird immer gut gelaunt sein, oder zumindest glauben, dass er das ist. Deswegen hat ihn der Besuch bei den uniformierten Helfern auch nicht runtergezogen, gut, konnte man halt nichts machen. Was er aber machen konnte, war ein wenig an Griechenland zu denken. Und weil er nicht nur daran denken wollte, stellte er sich in die Küche und begann zu zaubern. Er schnitt, rieb und rührte. Und weil der

Othmar ja auch ein freundlicher Mensch ist, so teilt er eben auch gerne. Und das am liebsten mit der ganzen Welt.

...es köchelt grad das wunderbarste Abendessen seit langem vor sich hin...... gefüllte Zucchini & Melanzani nach griechischer Art - im Backrohr überbacken (mit Schafkäse), dazu Rosmarinerdäpfel (Heurige vom Distelfink aus Wördern) und Tsatsiki (mit Gurken aus eigenem Garten, ebenso wie die Zucchini) - und das alles wird erst bei Sonnenuntergang verzehrt (wie es die Griechen tun). Dazu wird Retsina kredenzt.

5 – Wandertag

„Solchane Idioten!"

Der Othmar sitzt vor seinem Laptop, den balanciert er auf seinen Oberschenkeln. Er ist im Garten. Ein ganz neues Erlebnis, etwas, das er bis jetzt noch nicht gekannt hat. Gut, seinen Stand-PC konnte er ja schlecht in Freie tragen, aber so ein mobiles Teil, das war schon was. Dieser Gates, der hatte nicht nur Mikrochips und Impfzwang drauf, nein, ein richtiges Technikgenie musste dieser Mann sein, dachte der Othmar bei sich. Jetzt war er aber wieder auf 180. Er war seit zwanzig Minuten wieder auf Facebook unterwegs und hatte dementsprechend hohen Blutdruck. Und weil der Girmindl ja ein netter Kerl war, im Grunde, so wies er den Othmar des Öfteren darauf hin, dass er sich schonen sollte; was dieser natürlich nicht tat. Und das eben auch heute nicht. Die Hanna hatte sich an Othmars Ausbrüche schon gewöhnt, sie wusste, was es bedeutete, wenn der Othmar vor dem Bildschirm saß und fluchte. Jetzt tat er das also auch an der frischen Luft, das war wenigstens gesünder. Worüber sich der Othmar ärgerte, es war nicht schwer zu erraten. Auf der Seite vom Herrn Ing. Hofer wurde heftigst über Impfungen diskutiert. Beziehungsweise wurde nicht diskutiert, sondern klargestellt. Wer sich impfen ließe, wäre ein Trottel. Da würde sich der Othmar justament gleich zweimal impfen lassen und beide Impfungen dokumentieren um sie dann auf der Seite vom Ing. Hofer zu posten. Damit die Trotteln endlich wussten, dass sie Trottel waren. Ob diese Rechnung aufgehen würde, das sei einmal dahingestellt, der Othmar freute sich über seinen genialen Einfall und wollte ihn auch gleich der Hanna erzählen. Die winkte ab: „ Othmar, lass mich mit dem in Ruhe, ich seh ja, du hast schon wieder irgendeine Idee. Mach den Laptop zu und geh gießen, sonst wird's nix mit der Ernte."

„Hab ich eh vor. Später. Jetzt muss ich was klarstellen."

„Geh was willst denn klarstellen? Die hören dir ja eh nicht zu."

„Weiß ich, lesens solln sies. Außerdem muss jemand was dagegen sagen. Den Blödsinn, den die verzapfen, den kann man doch nicht so einfach stehen lassen.“

Die Hanna wusste, dass hier nichts half, außer die Flucht nach vorne und so schlug sie dem Othmar vor, doch eine kleine Wanderung zu planen. Der griechische Abend, der würde sich sonst anlegen. Griechischer Abend, dachte der Otmar bei sich, und musste grinsen. Gott seis gedankt, dass der Girmindl jetzt nicht da war, der hätte sicher wieder irgendeinen Blödsinn drauf zu sagen gehabt.

*

„...wunderbare Wanderung heute - Ausgangspunkt Königstetten (nahe dem heimatlichen Wördern) - über den Tulbinger Kogel, die potthässliche Figl Warte (mit Traumaussicht auf's Tullnerfeld) nach Hainbuch. von dort nach Mauerbach (reine Gehzeit bis dahin 3,5 Stunden), dann noch eine Runde über Steinbach und wieder nach Mauerbach (nochmal ca. 1 Std. 20 min.) von da per Bus nach Hütteldorf + dann heim. Schee *woas. Kein einziger Baum ist explodiert und die Städte in der Waldgegend dort sind eher schwach besiedelt."*

Der Othmar klappt den Laptop zu. Er macht das, weil er gerade entdeckt hat, dass sich das Gerät dann ausschaltet. Und da der Othmar ein sehr achtsamer Typ ist und sich auch über die kleinen Dinge im Leben freut, deswegen klappt er jetzt was das Zeug hält und freut sich immer wieder. Er ist natürlich ein bissl geschlaucht, ist er ja auch nicht mehr der Jüngste, aber so eine gerechte Müdigkeit, die hat auch etwas, da spart man sich mindestens drei Bier für die Bettschwere. Nun, der Othmar klappt aber trotzdem noch seinen Laptop wieder, nicht nur weil er es kann, sondern weil er ja unbedingt noch schauen muss, ob jemand seine Kommentare kommentiert hat. Und Nachricht hat er auch noch eine bekommen. Vom selben Absender, der ihm die Drohung geschickt hat. „Boid, oida, boid!" steht da.

6 – Saure Wurst

Was dem Othmar in dieser Nacht alles durch den Kopf gegangen ist, wir werden es nie erfahren. Was aber noch zu rekonstruieren ist, ist dass er schweißgebadet aufwacht, kurz auf den Wecker neben sich schaut und der ihm quasi sagt, dass es noch nicht Zeit zum Aufstehen sei. Aber was solls, denkt sich da der Othmar, weiterschlafen geht in solchen Situationen ohnehin nie und wenn man es versucht, dann wird der Tag genau so mies, als wäre man gleich aufgestanden. Und so lässt sich der Otmar aus dem Bett rollen, schlüpft in seine Schlapfen und macht sich auf den Weg zum Klo. Dann geht es weiter in die Küche, der Kaffee möchte aufgesetzt sein, vielleicht ein paar Frühstückseier, Speck abprasseln. Danach eine Runde durch den Garten und gießen, es ist am frühen Morgen ohnehin der beste Zeitpunkt dafür. Und währen der Othmar seine Schlauch in der Hand hält, damit auf die Gemüsebeete zielt, da fällt es ihm ein, beziehungsweise auf: wie konnte es sein, dass ihm jemand abermals eine Nachricht von einem nicht mehr existierenden Profil geschickt hat. Das ist doch unmöglich. Und so versuchte er, während die Erde Tropfen für Tropfen aufnahm, auf die Lösung zu kommen. Denn würde er herausfinden, wer ihm da schrieb, dann hätte er auch etwas für die Beamten im Ort. Es mag schon sein, dass es ein Mehraufwand für sie war, zu ermitteln, das dann auch noch im Sommer, aber was sollte man machen, dafür waren sie ja nun mal da.

Nachdem die Pflanzen getrunken hatten, setzte sich der Othmar mit seinem Laptop auf die Terrasse, klappte diesen auf und startete. Er gab sein Passwort ein, das sich aus dem Namen seines ersten Meerschweinchens und seiner Schuhgröße zusammensetzte und beobachtete wie das System sich Othmars Wünschen fügte und einen relativ unordentlichen Desktop anzeigte. Was aber wurscht war. Die Mär, dass der Desktop, so wie ein Schreibtisch zusammengeräumt sein, nur Verknüpfungen enthalten sollte, glaubte doch ohnehin niemand mehr. Der Othmar pfiff ja ohnehin seit jeher auf alle Regeln und Konventionen und so klickte er das blaue f doppelt, sodass sich das Fenster des Browsers öffnete und er sogleich in seiner Chronik ankam. Natürlich gab es einige Benachrichtigungen, es gab Nachrichten und es gab vieles, das der Othmar begutachten und kommentieren musste. Was er aber heute tat, war etwas völlig anderes als sonst. Er klickte direkt auf seinen Messenger, suchte die Nachricht vom Vortag und klickte ins Fenster. Dann tippte er langsam aber bestimmt den Satz in die Tasten, den er sich wohl überlegt hatte. „Geh scheissn, du feige Nazisau". Dann lehnte er sich zurück und schloss die Augen, kurz darauf fiel er in einen unruhigen und leichten Schlaf.

*

„Othmar, Telefon, heb ab."

Der Othmar öffnete die Augen. Vor ihm stand die Hanna und hielt ihm sein altertümliches Handy entgegen. Schnell nahm er es entgegen und kurz darauf den Anruf. Doch es war zu spät. Der Anrufer hatte wohl nicht genug Geduld gehabt und wieder aufgelegt.

„Na super, unbekannter Teilnehmer. Wie soll i den zruckruafn?"

„Wenns wichtig ist, wird er wieder anrufen."

„Wahrscheinlich."

„Du ist aber früh auf, heute."

„Ja, hab nimma schlafen können. Und du waaßt eh, wenn i dann weiterschlaf, bin i no fertiger als wenn i glei aufsteh."

„Ja eh, das is bei mir ned anders. Gehst du heut einkaufen?"

„Warum?"

„So, was ma halt brauchn, muass ja irgendwer holen."

„Und des bin i?"

„Najo, du hast ja sonst nix zum tuan."

„Na guat, i schau auf die Listn und in Eiskasten was fehlt, dann fahr i. Brauchst du was?"

„Hab i alles auf die Listn gschriebn. Aber schau ob man ob gnug Salz da haben, i bin mir ned sicher ob des ned glei aus is.

„Mach ich."

Der Othmar schleppt sich in die Küche, wirft einen Blick in den Eiskasten, schreibt Eier, Knacker und Senf auf die Einkaufsliste, steckt diese dann ein und geht mit seiner Satteltasche fürs Rad ins Freie. „I bin jetzt weg", ruft er noch, dann fällt die Tür hinter ihm zu.

*

Vor dem Kühlregal, der Othmar will gerade eine Packung Knackwürste ins Wagerl schmeissen, läutet wieder sein Handy. Jetzt hat er es aber rechtzeitig herausholen können und nimmt den Anruf an.

„Ja, bitte?"

„Serwas du Oasch."

Der Othmar ist jetzt äußerst gefasst, richtig cool, könnte man sagen. Ob es an der Kühlvitrine neben ihm liegt, oder einfach daran, dass er hier im öffentlichen Raum sich vor nichts und niemandem fürchten muss, weil er ja eh nicht alleine ist, ist schwer zu sagen, vielleicht fragen wir ihn, wenn man ihn wieder treffen darf und die Kontaktbeschränkungen gelockert sind. Auf jeden Fall sagt er geistesgegenwärtig: „Jo, schee oasch, und wer bist du?"

Darauf schien der Anrufer wohl nicht vorbereitet gewesen zu sein. Nach einem kurzen Moment der Stille legt er auf. Der Othmar schüttelt den Kopf und legt die Knacker, die er immer noch in der Hand gehalten hat, in den Wagen. Dann steckt er sein Handy wieder ein. Der ruft wieder an, denkt er bei sich.

*

Im Teller befand sich eine der beiden Knacker, fein aufgeschnitten, darüber Zwiebelringe. Eine Marinade aus Essig und Öl, dazu ein wenig Pfeffer. Essigwurscht, saure Knacker, wie auch immer, der Othmar labte sich an seiner Portion, bröselte vorbildlich ausschließlich ins Teller und rülpste Leise. Eine einfache Speise, gerade an heißen Tagen eine Wohltat. Fast hatte er den ominösen Anruf von vor zwei Stunden vergessen, da ertönte der vertraute Klingelton, keine Rufnummer wurde angezeigt und der Othmar nahm ab.

„Was gibt?"

„Wos solls scho geben, du Oasch?"

„Bei mir gibt's a saure Wurscht."

„Na lustig, es wundert an eh, dass di no ned der Schlag troffen hat auf dein Radl."

Der Othmar wurde stutzig. Woher wusste der Anrufer, dass der Othmar mit dem Rad unterwegs gewesen war. Das konnte wohl nur Zufall sein.

„Seitdemst du da bist und deine linken Grindfestln am Dorfplatz veranstaltest, is des Wördern a nimma mehr des, wos amoi war."

„Host du mir ins Stiegenhaus gschissn? Des is typisch Nazi, braune Scheiße halt."

„Reiß di zsamm, des nächste Mal kommst ned so afoch aus."

„Du bist a Feigling, ned amoi dei Nummer schickst mit, erbärmlich."

„Jo, passt schon, i leg jetzt auf."

Der Othmar beendet den Anruf. Es reicht ihm, schimpfen lässt er sich nicht, zumindest nicht übers

Telefon. Er geht lieber in die Küche und schneidet sich die zweite Knacker auf. Seinen Appetit lässt er sich von so einem Trottel nicht verderben.

7 – Zwischen Sonnenblumen und Feigen

Der Othmar ist ja kein Technikgenie. Er kennt sich aus wenn es um seine Gurken, seine Zucchini und seine Paradeiser geht. Country, Western, Country & Western, Roots, Hillbilly, Bluegrass, Green green grass of home, alles Gebiete in denen der Othmar daheim ist. Aber bei der Technik, da haperts. Aber weil der Othmar der Hanna von den Anrufen erzählt hat, hat die wiederum ihm erzählt, dass man sehr wohl herausfinden konnte, wer den Othmar angerufen hat. Und somit war der Rest ein Kinderspiel. Zumindest für die Beamten. Und man muss auch schon sagen, wenn einem jemand ins Stiegenhaus scheißt, dann ist das mindestens so gut wie ein Fingerabdruck. Da sag ich nur DNA, also man scheidet ja nicht nur das Verspeiste aus, ein bissl von einem selbst ist da auch immer dabei und somit wurde der Übeltäter relativ einfach überführt. Quasi durch die Scheiße, die er gebaut hatte. Und der Othmar war einerseits beruhigt, dass der Unhold dingfest gemacht wurde, dass in seiner näheren Umgebung aber einer rumläuft, der dem Nazijäger Othmar im Stiegenhaus seine Aufwartung macht, sein Interieur verwüstet und dann auch noch weiter via Nachrichten und Anrufen droht, das hat ihn dann schon einigermaßen nachdenklich werden lassen. Andrerseits, wer sagts dem Gsindel denn sonst rein, wer zeigt auf, was aufgezeigt werden musste. Und auch wenn der Othmar in der Schule nicht immer aufgezeigt hat, auf Facebook zeigt er auf, und das gewaltig. Wenn man eine Bestimmung hat, dann kann man die nicht einfach so bei Seite wischen. Und so sitzt der Othmar mit seinem neuen Laptop im Garten zwischen Sonnenblumen und Feigen und lässt die Finger über die Tastatur sausen, weil irgend so ein rechter Hund wieder unrichtiges gepostet hat. Das muss der Othmar richtig stellen, umgehend.